白云路过你年少时光，
可惜被遗忘，
连同记忆，一并雪藏。
直到过去那么久以后，
音容和笑貌，
连同声音，融成了你眼里的月光。

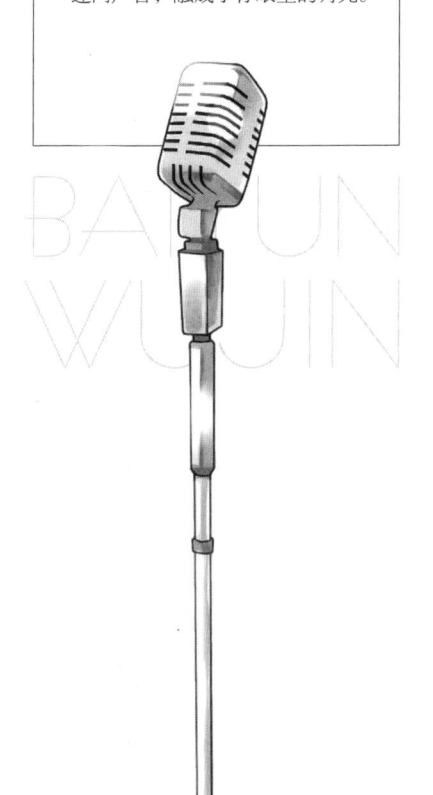

FLORET
READING

小花阅读

我们只写有爱的故事

大鱼文化清新阅读子品牌 2016 幸得相见

白云无尽

狐狸组合·时里海 著

贵州出版集团
贵州人民出版社

|小花阅读|

【惊艳游乐园】系列三部曲

惊艳游乐园系列之一《白云无尽》
狐狸组合·时里海 / 著
标签: 极品室友 / 美艳主唱 / 一言不合就开撕

有爱内容简读:
"喂,梅无尽,你揍我吧。"这样的傻话,时常会无厘头地突然从嘴里蹦出来。
梅无尽把手背伸过来,漫不经心地探了一下他的额头,问:"脑子又烧坏了?"
"靠!我说认真的,你就不能配合我也认真点吗?"
梅无尽瞥了他一眼:"好吧。"
说着放下手里的杂志,眼也不眨地看着白泽,意思是我这样够认真了吧?
"接下来要我怎么办?"
"揍我!"
"左脸还是右脸?"
"天哪,你不会是真的想揍我吧?"
"……"

惊艳游乐园系列之二《他们与豹》
狐狸组合·尼克狐 / 著
标签: 高冷胆小主编 / 无肉不欢才华豹 / 话多宅男小透明 / 三男同居
有爱内容简读:
"独宠你一人?"苏慕言抓住话里面的漏洞,强调道。
柏安德不耐烦地解释:"反正差不多就是这个意思,你明明知道我和他不在一个层次上,居然……你这是在伤我的心。"
苏慕言淡淡地说:"唐漫需要你的庇佑。"
"虽然不知道庇佑是什么意思,但是不是只要我不愿意,就可以不庇佑是吧?"柏安德连忙问道。
苏慕言想了一下,冷漠地回答:"没有。"
柏安德生气地将手边的抱枕一丢,气愤地朝房间走去:"我这个月不想画了。"

惊艳游乐园系列之三《我的哥哥他变成了猫》
惊蛰 / 著
标签: 神秘餐厅 / 双胞胎兄弟 / 奇怪的猫 / 美食控福利
有爱内容简读:
"哥……你是不是病了?"白衣少年感觉自己紧张得声音都颤抖了,总觉得今天哪儿不对劲。
然后,他面前二米二的绢丝床上,那个五官像刀锋一样的男人渐渐睁开眼睛……
不!准确地说是还没有睁开,只见这个星眉剑目的男人,半睁着眼睛,缓缓举起左手,伸长脖子舔了一下!又……舔了一下!
然后把整条腿抬到自己的肩上,从大腿根部(此处应有马赛克)一路舔到了脚指尖!
白衣少年目瞪口呆,来不及发出任何声响。
只见眼前的男人,认真地舔完两条腿后又翻了个身,扭着脖子不动了(看样子是想舔背,却够不到)。
与此同时薄荷也在思考: 好像有什么不对劲?
老! 子! 的! 毛! 呢?!

目录
CONTENTS

001/ **第一章**
幽灵室友终于出现了。

008/ **第二章**
怎么, 嫌我之前对你不够友好?

017/ **第三章**
白梅 CP 寒冬秀恩爱。

031/ **第四章**
我爸爸的事, 我一定会查清楚的!

040/ **第五章**
特地回来看你蹲街角吃面。

051/ **第六章**
梅无尽你能不能别管我!

056/ **第七章**
SKY 组合真的红了。

068/ **第八章**
我怎么会亲别人呢?

077/ **第九章**
你是不是对我的女神心怀不轨?

目录
CONTENTS

088/ 第十章
这几天你都不跟我说话的!

102/ 第十一章
小师弟放心,大师兄会好好照顾你的。

112/ 第十二章
快点起来,你现在睡的是我的床。

124/ 第十三章
如果不是因为你代替阿泽受伤,我不会多看你一眼。

133/ 第十四章
但是梅无尽,你好像只有我哎……

140/ 第十五章
昨天拒绝你的渣男,就是梅无尽?

148/ 第十六章
原来是小两口闹矛盾了!

158/ 第十七章
你……你真的是因为看上人家了,所以才对人家好?

172/ 第十八章
梅无尽,你再这样,我就离家出走了噢……

目录

CONTENTS

180/ **第十九章**
星光下的好朋友。

189/ **第二十章**
天啊!白小泽你已经和梅无尽发展到这个地步了!

204/ **第二十一章**
难道非要我把心剖开你才肯相信我吗?

218/ **第二十二章**
你也想吃呀?自己上呗!

227/ **第二十三章**
我要跟你说的是梅无尽的秘密,你不来会后悔哦。

234/ **第二十四章**
我们俩都吃屎了,你怎么能不吃呢?

244/ **第二十五章**
他怎么了?你背着他爱别人了?

255/ **第二十六章**
你才小妖精!你们全家都是小妖精!

265/ **第二十七章**
咱们一起过简单点的小日子呗。

270/ **第二十八章**
老板,有人砸场子!

BAIYUN
WUJIN
—— 第一章 ——
幽灵室友终于出现了。

副歌部分试唱了无数遍，依旧找不到想要的感觉，白泽的嗓子已经哑了。他看了看墙上的挂钟，直指凌晨三点半。

拿起一旁的毛巾擦干汗，换好了衣服，他拎起包从公司的练习室出去。外面湿冷的空气，让人不由自主地瑟缩一下肩膀。

"早上不会又要下雨吧？"白泽望了眼黑漆漆仿佛压在头顶的天空，自言自语道。深长的马路上没有其他的人影，他赶紧低头一路小跑，十分钟之内就到了住的公寓。

从杂乱的大包里好不容易翻出钥匙，突然惊诧地发现门缝里漏出一线光。

里面……有人？

白泽心里跳了一下，他放轻动作进屋，扫视了一圈，浴室里传来"哗哗"的水流声。还有他卧室对面的那间紧闭了一个月的房门，竟然敞开了！

白泽忍不住好奇，走过去偷偷朝房间里多看了几眼。

天蓝色的床铺上散乱着几张乐谱，被子掀开了半边。桌上的比萨还冒着热气，旁边还有一杯红茶。

白泽心里七上八下，忐忑又兴奋。

——他的幽灵室友终于出现了！

白泽曾一度怀疑，自己被忽悠着住进了一间鬼屋。

他是一个月前才搬进这套双人公寓来的。

EME 公司给他们这样的练习生提供的住宿条件很一般，甚至可以说是苛刻。一般都是六个练习生住一套房子，地方不大，平常十分拥挤。上个月又进来一个新人，公司不知怎么忘了给他安排床铺。练习生的宿舍已经全部满员，一时找不到空的床铺。

经纪人钩着白泽的肩膀，私下跟他打起了商量："阿泽，把你的床位让出来吧，我给你安排个好去处。"

白泽怀疑地问："好去处？"

经纪人说："公司在二环附近有一套房子，双人公寓。现在那边只住了一个人，还有个房间空着，不如你搬过去，那地方离公司近，走路十来分钟就到，条件也比你现在住的地方好，怎么样，考虑考虑？"

白泽满脸担忧，不太相信的语气："你不会坑我吧？"

经纪人说："哪儿的话！我可是什么好事都先想着你的啊！"

白泽人缘好，阳光坦率，平日里确实是经纪人最看好的练习生，两人私底下就如朋友一般。白泽也没多想，直接接了钥匙。

"那成吧，我马上搬！"他爽朗地答应了。

白泽住进去的第一天，只觉得公寓干净整洁，他在心里猜测室友应该是个挺爱干净的人。

只是他没看见人。

为了避免尴尬，白泽歪歪扭扭地写了张纸条贴在冰箱上，主动交代了一下身份。

"你好，我是公司给你安排的新室友，白泽。"

第二天早上，那张字条不翼而飞。

对方没给予白泽想象中的任何友善的回复。倒垃圾的时候，反而意外发现了那张黄色的便利贴被人随意地揉作了一团，丢在垃圾桶里。

白泽顿时火冒三丈，想出口恶气，却连罪魁祸首的影子也没看见。于是他愤愤地画下一排猪头，重新贴上去。

晚上回来发现终于有了回复，龙飞凤舞的两个行楷大字出现在冰箱门上。

——白痴。

白泽咬碎了一口牙。

还没见上面，梁子先结下了。

按照 EME 公司给练习生规定的作息时间，冬天早上七点之前必须要签到。白泽一般是早上踩点赶到，晚上却会留下来多练习好几个小时，要等到深夜才会回去睡觉。

他常常早上睡得迷迷糊糊，听见外面有点动静，却懒得从被窝里爬起来去看一看。晚上回来，总是满室的漆黑，不知道对方是睡了，还是根本不在房间里。

一个月下来，天天如此。

白泽连室友的名字都还不知道。不禁开始怀疑起来，隔壁房间到底住着个什么人。

今天总算逮住机会了。

白泽看了看面前的比萨盒子，里面还有七八块。他摸摸自己干瘪的肚子，现成的夜宵，不吃还真有点对不起自己。

嚼完一块，白泽没注意浴室的水声已经停了。

拿起第二块，送到了嘴边。一个冰冷低沉的声音几乎贴着他的耳朵，鬼魅似的响起：“你在干什么？”

白泽下意识地转身，面前出现一张近在咫尺的脸，吓得手一松，惊讶地开口：“梅……梅无尽？”

他此刻的神情，还真好像是见鬼了。

梅无尽低头，盯着稳稳妥妥掉在自己脚背上的比萨，细长好看的眉眼慢慢皱起来，越皱越紧。他一动也不动，像白玉做的雕塑一般。只有头发上的水珠，一滴一滴往下掉，睡衣的肩膀处渐渐被沾湿了一片。

这样僵持着，仿佛在等待白泽来处理。

"啊……那个，不……不好意思……"

白泽呆愣了两秒，也有点无知所措。他慌慌张张弯腰蹲下去，两根指头把比萨钳起来，眼睁睁看着这人白得透明的皮肤上，留下了一个大大的油印。

他不好意思地咧开嘴,笑了笑,再次道歉:"实在不好意思啊!"

偷吃被发现,还干了这样的蠢事,还有怎么也没有想到的是,他的幽灵室友竟然会是这个人。

同为EME的练习生,白泽对梅无尽早有耳闻。他是外貌条件最好、能力最强、最被看好的那一个,虽然还是公司练习生的身份,之前却因为参演过电影《无尽之城》中的一个配角而一炮走红,已经拥有了不大不小的粉丝团和一批支持者。

练习生分了好几批,白泽和梅无尽不在同一个组里,平常碰面也只是擦肩而过,连点头之交也算不上,更别提说上话。

白泽想,梅无尽大概会觉得自己眼熟,却并不一定知道能喊得出他的名字来。

"擦干净。"

梅无尽冷不丁地出声,打断了白泽脑子里乱七八糟的设想。

"啊?"白泽不解地看着眼前的这个人。

梅无尽一字一句地说:"拿纸,擦干净。"右脚往前挪了一步,意思十分明显。

"你说什么?!"

"擦干净。"

"你有病吧!"

白泽的脾气也不太好,对方无礼的态度瞬间点燃了他的导火索。他挑衅似的撞开梅无尽的肩膀,胳膊却被一股力道拽住,身体没有丝毫防备地往后一仰。

"靠!"

踉跄地站稳,白泽的拳头条件反射一般地招呼过去,梅无尽侧头躲过去。

你来我往,竟然就这样打起来。

最后梅无尽利用身高腿长的优势,猛地扫了一脚,把白泽绊倒。但白泽眼看着就要摔下去,硬是不忘拉梅无尽一块儿下水,眼疾手快地扯住梅无尽的睡衣带子,狠狠往下一蹬。

"砰"的一声巨响,两人齐刷刷地倒在了地板上。

白泽垫了底。

梅无尽压在他身上,衣服凌乱,露出大半个胸膛。他冷着一张脸,都快可以刮一层薄霜下来。狭长漆黑的凤眼,默不作声地凝视着白泽的脸。

白泽愕然之后突然触电般惊醒,双手蓄力猛地把梅无尽往后一推,急匆匆地爬起来,脸上写满了恼怒。

后脑勺鼓起一个小包,伸手一摸,疼得他直抽气,他狠狠地瞪了梅无尽一眼,骂道:"我擦!你丫要不要这么狠?"

梅无尽被他防不胜防的一推,后腰撞在衣橱的尖角上,缓了一会儿才面不改色地抬起头来,阴恻恻地对白泽发出警告:"你现在可以出去了。"

"要你说?老子早就想出去了!"

白泽愤愤地握紧拳头,考虑自己的武力值不占绝对的优势,只好放弃绝地反击的可能，嘴上不饶人，小声地碎碎念："哼！拽什么拽！不就是吃你一块比萨嘛，犯得着对我拳打脚踢吗！小气鬼，抠门鬼，吝啬鬼！你个夏洛克，阿巴贡，葛朗台，泼留希金！"

　　白泽抓紧时间洗完澡，已经困得睁不开眼睛。卷着被子在床上缩成一团，三秒钟入睡，模模糊糊摸着头上的包，心想老子这是做了什么孽呀，摊上这么个室友。

　　第二天起床，却意外地发现客厅的桌上放着一个小小的医药箱。

　　白泽对着镜子擦了点药，后脑勺上冰冰凉凉的，心里的怨念好像消散了一点。

　　不用回头看，也知道对面房间紧闭，里面的人已经走了。顿时又想起梅无尽那张漂亮妖孽又冷冰冰的脸，白泽一阵恍惚。

　　他一巴掌拍向自己的额头："我又在胡思乱想什么！梅无尽，快点从爷脑子里滚出去！"

第二章
怎么，嫌我之前对你不够友好？

自从知道梅无尽就是自己的幽灵室友之后，白泽在公司渐渐开始有意无意地留心这个人，这才发现他和自己见面的机会也挺多的，交集并不少。

比如午休出去透气的时候，偶尔会在天台上看见那道修长挺拔的背影；上形体课，偶尔几组练习生混在一起，会发现梅无尽站在队伍里；有时出去倒水喝，也能在走廊上碰到；再比如现在，他被歌声吸引，站在门外偷听，看到的也是梅无尽。

"喂！你小子偷偷摸摸干什么呢？"

背后搭上一只手，把白泽吓得一颤，原来是练习生中和自己同一批进来的一个女生。她平常大大咧咧的，和男生混在一起勾肩搭背也习惯了。

白泽恼怒:"你走路干吗不出声?"

"是你自己偷看得太入神好不好!我就差没踩脚了。"

"嘘!"白泽看了眼排练室里的情形,问女生,"他们A组的练习生又在排练什么新的舞蹈?"

"这是他们要在公司年会上表演的啦,因为他们是最有可能先出道的那批,也相当于换一种形式的考核吧,年会上那么多高层出席,可是个不错的展示机会,可惜还轮不到我们……"

"年会?"白泽困惑,"不是还早吗?"

"你是真不知道还是假不知道?今年年会提前了!所以他们才会加紧排练的……"女生狐疑地看了白泽一眼,"你站在这里鬼鬼祟祟的,不会是想偷师吧?"

"滚蛋!"白泽仰起下巴,一脸傲娇,"我用得着嘛!我跳得比里面那个梅无尽不知道好多少倍!"

女生扯扯白泽的袖子,给他使眼色。

"你瞪什么瞪?眼睛疼?"白泽反应迟钝地问。

女生额头冒冷汗:该死的白泽!你回头看一下你背后站着谁!看来只能出声提醒了。

"无……无尽师兄好……"

白泽这才转头过去,发现梅无尽不知道什么时候站在了门框边正望着自己,顿时尴尬。

"那、那个……"突然就紧张了,脑海里冒出昨晚的画面,白泽看着梅无尽一时词穷。

"不要在排练室门口喧哗。"梅无尽淡漠的语气里虽然听不出指责的意味，但是他说话时配上这张淡漠的脸，无形中有种威慑力。

　　加上许多练习生明白他的资质是最高的，都不愿意和他闹出任何不愉快。女生率先反应过来，无比诚恳地和梅无尽道歉："是，师兄，我们不该在这里大声说话的。打扰到你们排练了，实在不好意思，我们马上走……"说着，立即拽白泽的手臂。

　　白泽先是一愣，随即心头一股无名之火窜起来，但又不好反驳什么，只得朝梅无尽干瞪眼。

　　梅无尽视若无睹地把门关上了。

　　年会即将到来，公司内部明显忙碌起来。

　　真正到了那天，各个都是盛装打扮出席。练习生一般都拮据，手头紧，白泽自己也穷，还被同伴借去了几百块钱买领带。当天他随随便便套了件剪裁利落一点的大衣就出门了。

　　EME 包下一个大型的娱乐厅举行年会，现场布置得富丽堂皇。

　　白泽这一组的练习生是没有任务的，在既定的小角落里坐下之后，只等着开场。白泽翻了翻前面桌上摆放的公司宣传册，随后就跟旁边认识的人小声地聊了起来，无意中看见梅无尽和几个人走进来，直接向后台的方向走去。

　　梅无尽忽然回头望了一眼，在乌泱泱的人群中正好对上白泽的视线。

　　白泽蓦地一僵，呼吸都好像不太自然了，赶紧假装低头翻册子，过了几秒才发现慌乱之下竟然拿倒了。

　　梅无尽停在他身上的目光也只是一顿，然后又波澜不惊地移开，继续和旁边的人讨论着什么。

"见鬼！我干吗又紧张？"白泽嘀咕。

上一秒才走出视线的梅无尽，这一秒却出现在白泽面前，一手搭在椅背上，弯下腰对白泽说："跟我来一趟。"

白泽不明所以："什么？"

但梅无尽似乎很急，半点解释也没有，步履匆忙地往前走。白泽只得跟上去。

梅无尽把白泽带到后台，问："《Don't you forget》会唱吗？"

白泽点头："会。"

梅无尽问："那天你在排练室看到我们排的舞会跳吗？"

白泽跳脚，急了："靠！我可不是故意偷看的，你还想怎样？"

"我们当中有个人刚刚肠胃炎犯了，被送去医院了，现在需要一个人来补他的缺。"梅无尽神色认真，问道，"你能不能顶上去？"

"开玩笑吧你！"白泽一颗心跳得飞快，"根本来不及了啊！"

"如果你愿意的话，就还有半个小时的时间做准备。"梅无尽说，"在这半个小时里，其他成员会和你一起排练几遍，可以让你尽快地熟悉起来。"

"你干吗选我？"白泽反问，难道就因为我是你室友？

梅无尽给出的答案让他出乎意料："我相信你。"

"你你你……你干吗相信我！"

"你敢不敢答应？"

"有什么不敢的！"白泽底气不足，弱弱地寻求保证，"不过咱们得事先说好了,到时候要是出了差错,我可不负责。"

　　梅无尽的声音沉稳,带着点不可思议的温和:"嗯,不怪你。"

　　白泽不知道梅无尽是怎么跟其他人交代的,大家都觉得他是来救场的,对他十分客气,也没有提出质疑。

　　白泽最扎实的是舞蹈功底,之前看过他们跳,现在稍微一教,也就会了。反而是唱歌的部分,有一两句唱起来拿捏不准,和其他的成员配合起来没有那么默契。

　　时间越来越近,白泽想要认真地投入进去,压力也越来越大。

　　梅无尽关了音响,说:"就到这里吧,已经可以了。"

　　白泽皱眉:"还远远不够。"

　　梅无尽自然而不着痕迹地拉着他走到外面走廊上清净一点的角落,"其实你已经掌握得差不多了,毕竟时间短。"

　　"我觉得不是,很多地方都唱不好。"

　　"你太紧张了。"

　　白泽梗着脖子:"老子像是会紧张的人嘛!"耳朵里突然安静下来,隔绝了外界的声音,梅无尽把耳机戴在他头上,然后他听见熟悉的旋律响起来,不由得让人的神经得到舒缓和放松。

　　梅无尽就站在他的旁边,他们不约而同地用手肘支撑在窗沿上,眺望窗外川流不息的马路和远处苍茫的墨绿色山峦。

　　一首歌的时间过去,白泽摘下耳机。

　　"现在感觉怎么样?"

　　梅无尽偏过头问他的时候,唇畔离他的耳朵不到两三厘米的距离,低沉的声音里透着一种白泽不得不承认的性感。

　　白泽鬼使神差地往后一腿，突然脸发烫，伸出手掌抵制梅无尽的靠近，刻意拉开两人之间的距离："你、你……离我远点！"

　　梅无尽只当他又发神经了，抬腕看了眼时间："领导讲话也估计快完了，离我们出场不到五分钟，调整完了就赶紧走吧。"

　　白泽拍拍脸，在他身后跟了上去。

　　白泽心里很明白，这次其实是一次很难得的机会。众多的练习生中只有小部分人能够登台，接受公司上下全员的考核，如果不是有个倒霉蛋临时去了医院，论资历，也根本轮不到他。

　　是机遇的同时，也是挑战。

　　白泽现场发挥得还算不错，不过中间有出纰漏的地方。

　　最后收尾的那句歌词，他唱到嘴边，却忽然有一丝迟疑，记不太清楚词。梅无尽几乎没有时间缝隙地替他接上去，帮他唱完，直到伴奏声停止，台下掌声雷动。

　　下台以后，白泽后知后觉地发现自己出了一身冷汗，心跳不太规律。

　　"怎么？"梅无尽换装出来，发现白泽还坐在化妆间发愣，不冷不热地调侃他一句，"吓傻了？"

　　白泽魂游天外，呆呆地点头："嗯，吓傻了。"

　　梅无尽很浅地笑了笑，白泽像是突然惊醒："怎么是你？"其他的练习生已经出去了，除了他们俩，只剩下一个化妆师在里面，人家迅速地整理东西之后也马上出去参加年会蹭吃蹭喝了。

白泽立马从椅子上站起来,莽莽撞撞地绊到了面前的转椅。
　　"你很讨厌我?"梅无尽问得很突然。
　　白泽扶着桌沿,身体站稳,有点费解地想了想他这话到底是什么意思。
　　讨厌?
　　应该谈不上。
　　那种感觉,就是莫名其妙地被吸引目光。等到自己反应过来,常常会恼羞成怒。自觉性地感觉到危险,所以会下意识地想要远离。
　　白泽不知道该如何解释,半天才挤出来两个字:"不是。"
　　梅无尽也仿佛只是随口一问,并不在意他的答案,"哦"了一声之后,平淡地说:"出去吃点东西吧。"
　　这就完了?
　　害得白泽郁闷了半天,抓心挠肝地难受。像被猫尾巴莫名其妙地撩了一把,心头一阵痒,却迟迟等不来下文。
　　撩人的罪魁祸首正端着红酒喝得尽兴,留下他各种憋闷。
　　白泽朝梅无尽的背影一阵拳打脚踢,也不能解气。
　　"我靠,那样问一句到底什么意思嘛!老子真是要烦死了!"

　　不一会儿,平日里与白泽关系不错的经纪人跑过来向他透漏口风:"今天在台上表现挺好的,特别是你跳的舞不错,舞台表现力也还可以,我当时听到廖总夸了你一句……小伙子继续努力啊!"
　　白泽对忘词的事心有余悸,只好讪讪地笑了笑。
　　"不过你是怎么突然插进去的?我记得原先表演节目的人员名单

里没有你吧？"

"嗯……临时补位的。"

"谁的主意？"

"梅无尽。"

"对啰！忘了问你，跟梅无尽同居怎么样？小日子过得还舒坦吧？双人公寓住得爽吧？哥没坑你吧？"

怎么随便扯个话题都和梅无尽有关？白泽挥手赶苍蝇似的说："烦死了！你问这么多我记不住！"

白泽嫌弃地推开对方的脸，去餐桌上拿东西吃，背后传来抱怨："行啊你，白小泽，过河拆桥是不是……"

白泽想起梅无尽问他的话，是不是讨厌他，莫名烦乱，回头朝经纪人翻了一个白眼。

闹到后面陆陆续续散场的时候，练习生们被送回公司宿舍，白泽住的地方不同，和他们不一道。

有相识的人问要不要送他回去，白泽笑着爽朗地拒绝了。这地方离双人公寓不算远，他完全可以自己走，也正好散散步，吃了一晚上肚子都鼓起来了。幸好他从小到大都属于吃不胖的体质，不然还真不敢这样敞开肚皮放肆。

白泽和同伴打完招呼，裹着羽绒服往前走，不一会儿发现身后好像有人跟着，余光一看竟然是梅无尽。

两人住同一处地方，都想要散步走回去，也不奇怪。只是白泽本以为梅无尽一定会坐车的。

现在隔得不远，一前一后地走着，明显看见了，又不能装作没看见。白泽稍微犹豫过后，还是语气不太自然地和梅无尽打招呼："嗨，真巧啊……"

"嗯。"梅无尽应了一声。

白泽尴尬，招呼打了，总还得随便说点什么吧。"对了，今天晚上演出的事，谢谢你。"如果不是梅无尽，替补估计也轮不到他。

"没什么。"梅无尽说。

"反正我已经道过谢了……"白泽摆出一副我可不欠你的表情，把羽绒服的帽子戴到头上，脑袋缩在里面，一双猫眼骨碌骨碌转。

梅无尽失笑。

走到公寓门口的时候，白泽落下了一点，跟在后面等梅无尽开门，突然心血来潮又郑重其事地说："梅无尽，我们以后好好相处吧？"

梅无尽手上转动钥匙，眼睛望着白泽，冬夜的风从旁边的弄堂里一路刮过来，吹乱他黑色的头发，刘海些微地遮挡住了他眼睛里揶揄的笑意。

"怎么，嫌我之前对你不够友好？"

第三章

白梅 CP 寒冬秀恩爱。

日子相安无事地过下去。

白泽觉得梅无尽很配合自己，把"和睦相处"的四字方针彻底地贯彻下去了。不过两人仍然很少在公寓里碰上面。

他们的作息规律迥然，梅无尽习惯早起早睡，和白泽的时间恰好错开了。只是如果在公司见过的话，梅无尽看见白泽，不会像以前那样直接无视了，两人偶尔还会就冰箱里的填充物进行一下讨论。

比如这样的对话时有发生。

"你今天有没有空？"

"有事？"

"我是想说——你如果有时间就去逛一逛超市呀！冰箱里没零食了！"

白泽开始报清单了:"买点水果和酸奶,我喜欢吃橙子和葡萄,还有石榴。核桃也要一点,补脑!对了,多买几袋饺子和馄饨,我要三鲜馅儿和鸡肉冬笋馅儿的……"

梅无尽看着白泽,回了他两个字:"没空。"

白泽咽下口水,嘀嘀咕咕:"扫兴,小气鬼!"

梅无尽面无表情地去录音室,错身走开。

白泽冲着他的背影手舞足蹈。

一旁的同伴走过来问:"阿泽,你什么时候跟梅无尽这么熟了?"

白泽被问得一愣:"咦?我跟他很熟吗?"自己也被困扰了,完全没想明白。

同伴甩过来一记白眼。

凌晨空着肚子回公寓觅食,白泽打开冰箱门,却是满满的瓜果蔬菜,还有小零嘴。

饮水机旁边的一大袋核桃尤其惹眼。白泽拎过来,咬开一个吃,自言自语道:"买这么多干什么?这能吃好几个月吧?"

他这样想着,就这样写下来,照旧贴在老地方,像在玩一个游戏。等明天早上起来,看梅无尽怎么回复。

结果彩色的便利贴上,还是言简意赅的漂亮行楷。

——你需要好好补脑。

"妈的,老子又不是智障!"白泽一边刷牙一边骂。

昨晚看了天气预报,今天外边好像会出太阳,是个难得的晴天。他出门之前把被子抱去了阳台。回头又试着拧了一下梅无尽的房门,没有上锁，那就随带把他的也拿出去晒一晒好了。

毕竟吃人嘴短。

室友之间应该相互关爱嘛。

当天晚上，是白泽第二次在公寓里碰见梅无尽还没睡的情况。

他坐在客厅写歌，抿着削薄的唇，手上握着黑色的铅笔。头顶是白晃晃的灯光，似乎他坐在那里，是专门等他回来。

白泽为自己的这个想法愣了愣，还没来得及表示诧异，就看见了他脚边的一床硕大无比的被子。因为是白色的缘故，上面的水渍和棕褐色的污迹格外打眼。

白泽终于懂了，为什么梅无尽午夜十二点还坐在客厅里。

"今天是你晒的被子？"梅无尽问。

"是啊！"白泽心虚，又理直气壮，"我是看今天天气好，才帮你忙的！你那被子都有一个冬天没晒过了吧，肯定快要长虱子了！"

梅无尽嘴角一抽："我没你那么不爱干净。"

"你什么意思啊！真是狗咬吕洞宾，不识好人心！我好心帮你晒的，它自己要掉下去，我能怎么办？"白泽去阳台把自己的那床收进来，"只能怪你自己人品不好啰，你看我的就没掉下去。"

梅无尽盘着双腿，手指在膝盖上打节拍，似乎写歌的灵感突然涌现出来，没顾得上理他。

白泽倚在房门口，扁着嘴问："那你今晚怎么办？"

"和你睡。"

还算宽敞的双人床，两个人睡也不挤。但白泽有点不放心的是，他从小到大有个老毛病，爱卷被子。

白泽说："你要是被冷醒了，可别怪我，先提前跟你说好了的喔。"

梅无尽说："你就不能规矩点睡觉？"

白泽说："睡着之后是不受我自己控制的！我随便翻两个身，就能把被子全裹到自己身上。"

梅无尽说："我能把你绑起来吗？"

白泽频频摇头："不能。"

关灯之后，两人各自占据二分一的床铺，平分被子，相安无事。

白泽入睡很快。梅无尽脑海里还在自动循环新歌的旋律，睁着眼睛看黑漆漆的天花板。他平常这时候早睡了，今天被打破了规律的作息时间，这时候反而不觉得困了。

C 城的冬天多雨，确实难得有放晴的好天气。今天晒过的被子松松软软，不带一丁点潮气，似乎还闻得到阳光的味道，暖洋洋的。

窗外不知什么时候又开始下雨，落在玻璃窗上"沙沙沙"地响。

夜里分外宁静。

梅无尽就快要睡着的时候，突然靠过来的鼻息，温热地扫在他的肩窝上，他痒得一个激灵，顿时睡意全消。

手掌贴上白泽的脸，往外推开。

还好他一推就动，没有像牛皮糖一样继续黏着。但立即又有双手双脚缠上来，梅无尽感觉自己像棵树，被藤蔓紧紧勒住了。

旁边的家伙是个天然大暖炉，冬天抱着，也还凑合，如果他不老是乱动的话。

　　十多年过去了,他的性格竟然还跟小时候差不多,大大咧咧、没心没肺,笑起来阳光灿烂。梅无尽有时候想想,仍觉得不可思议。

　　跨越多年光阴,时间就这样把这个人带到自己面前来。

　　早上梅无尽还是被冻醒的,尽管在入睡之前做好了心理准备,但是大冬天的遇上这种事,全身冷得像结了冰,鼻子有点堵,起床气就不可避免地冒出来。

　　他摸黑打开床头柜上的台灯,睡眼惺忪,看着床那边独自霸占了一整个被窝、脸都睡得红扑扑的白泽,内心不太平衡,恶劣地伸手捏了一把白泽脸颊上的肉。不解气,再狠狠地揉乱他的头发。

　　白泽往被子下面缩了缩,咕哝一句,听不清楚说了什么梦话。

　　梅无尽拿他没办法,看了眼闹钟,六点过五分,也到了该起床的时候了。他无奈地拿起衣服到客厅去换,不觉中还是放轻了动作。

　　外面天还没亮。

　　洗漱完毕,在厨房煮粥时,却突然听见房间里有翻东西的动静。梅无尽狐疑,准备去看看,白泽的尖叫声传来:"啊!"

　　"老子的戒指哪儿去了!"

　　梅无尽跑过去,只见白泽倒在床上抱着双腿翻滚,一脸痛心疾首的模样。

　　那是白泽妈妈留给他的遗物。

　　通透碧绿的翡翠戒指,他拿细绳串起来,一直贴身挂在脖子上。

昨天洗澡的时候取下来了，好像是放在门口的衣篓子里。

现在却不见了。

"你确定是放在这里？"梅无尽把藤条编织的衣篓反过来，脏衣服全倒在地上。

"当然咯！"白泽急得团团转，"我都翻来覆去找了好几遍了。咱们家遭小偷了吧？"

"去检查一下还有没有丢其他东西。"

梅无尽给公司那边打了个电话，帮自己和白泽解释清楚今天可能会迟到的缘由，认命地留下来，和白泽一起开展地毯式搜索。

结果累瘫了，还是一无所获。

外边的天早就亮了。

"老实说，你是不是把戒指吃了？"梅无尽问。

"靠！老子有那么蠢吗？"白泽不满地说。

"那也说不定。"

"梅无尽，老子跟你拼了！我警告你，你不要总是藐视我的智商！狗逼急了也是会跳墙的！"

"嗯，你跳吧。"

"……"

"咚咚咚！"

敲门声。

梅无尽正疑惑这时候谁回来造访，刚刚还奓毛的白泽已经蹦起来去开门。两个身穿警察制服的男人走进来，手上拿着笔和小册子。

梅无尽头疼地想,这白痴什么时候趁着自己不注意,竟然还报警了。

可真能添乱的。

莫名其妙的失窃案,导致两位房主一并被招去警局做笔录。

白泽不断复述那枚戒指的悠久历史,强调"价值连城"四个字。梅无尽跟听了一上午相声似的,耳边"嗡嗡"地响。无奈对面的小警花眼睛亮晶晶地盯着白泽那张脸,硬是没舍得打断他。

这边折腾完,已经到了中午十一点多。

两人从警局出去,梅无尽敏感地察觉到玻璃门外的动静。想也没想,伸手按住了白泽的头,低头凑近他耳畔,声音暗含警告:"白痴,待会儿随便记者问什么,你都不要回答。"

"梅无尽,不准叫老子白痴!老子叫白泽!"白泽大声抗议,"还有,老子凭什么要听你的!"

"你还嫌惹的麻烦不够多吗?"梅无尽冷冷地瞪了他一眼。

"我……"

"闭嘴。"

"哼!"

白泽一边大步向前走,一边拼命想要挣开身边的手。

面前的自动门打开,跨出警局的那一秒,面前涌现出早就在四周埋伏好了的记者。纷纷把镜头对准了台阶上两个身形高瘦的少年,闪光灯亮成一片,在白昼也显得格外刺眼。

各家网站和娱乐电视台把话筒送上前去。

"请问两位这次一起进警局的具体原因是什么？方便透露一下吗？"

"白泽你好，传闻你和梅无尽私下关系不和，在 EME 公司时常发生争执，请问这是真的吗？"

"请问你们是不是发生了什么不愉快的事？才闹到了警局？"

"一个月前梅无尽的手受伤，是不是也和白泽有关系呢？"

越到后面，提问越激烈，大多根本就是空穴来风，毫不顾忌地妄加猜测。白泽差点脱口而出要骂人。

梅无尽搭在他胳膊上的手指突然用力，疼得他缩了一下，也及时地制止了他。

白泽心里咒骂了一声。

梅无尽揽着白泽的肩膀，直面镜头。日光之下，雕塑般的脸上一如既往辨别不出表情，他颇为冷淡地开口："感谢大家关心，我们很好。"

再没有多余的解释。

白泽被迫跟随他的脚步，一起从人群中突围出去，原本烦躁的情绪往下压了压。

甩上车门，把一切都抛在了身后。路边的覆着厚厚一层灰尘的道行树和各色的商铺在视野中迅速倒退。

"现在还回公司吗？"白泽坐在出租车上凶巴巴地问。

梅无尽说："我已经请了假，先去公寓把东西收拾好。"早上翻得乱七八糟的，他必须先回去整理干净。

"洁癖大王。"白泽嗤之以鼻，又没话找话，"刚才狗仔说你上个月手受伤了，是不是真的？"

梅无尽说："嗯，练舞的时候不小心擦伤，不知道怎么被人拍到了。"

白泽咆哮了："那他们还乱扯到我身上来！"

"你招黑。"

"你大爷！"

吵吵闹闹到了双人公寓，白泽掏出钥匙开门。

梅无尽猛地抓住了他的手腕，扣住："等一下。"拎起他的手，在两人的面前晃了晃，问道，"这是什么？"

一枚翠色的戒指，套在白泽修长的尾指上，映衬着白净的皮肤，色泽更显通透细腻。

"啊，我记起来了！昨天洗澡的时候把绳子弄湿了，我就直接解下来戴到手上了。"这和之前完全是截然不同的说辞。

"不是说在衣篓子里？"

"那个……我记性不好嘛。"

梅无尽嫌弃地看着他："你是猪吗？"

白泽打开门进去："我警告你哦，你再这样对我进行人身攻击，我就……"

"你就怎样？"梅无尽转身，把人抵在墙角，低头俯视他。

因为高出了七厘米，这时便占尽了优势。

白泽很不爽地微抬起头，睥睨着面前的某人，气势却还是被压了一截，蔑视的小眼神杀伤力不够。

"你高了不起呀？"半天才挤出来的台词。

说出口，连自己都觉得弱爆了。

果然梅无尽弯起嘴角笑了一下，揶揄的意思，溢于言表。

客厅凌乱，收拾起来并不容易。白泽拖拖拉拉的，动手能力差劲，翻出来的零碎东西也没有办法原样摆放回去。看样子就是以前没干过家务的。

梅无尽一人独挑大梁，趁着这次搞了一遍大扫除，公寓焕然一新。

"喂，去把垃圾扔了。"他踢了白泽一脚。

"老子不去。"白泽低头玩手机。今天没去公司，偷了个懒，他要好好珍惜这一天的美好时光。

"好吃懒做，还真是只猪啊！"梅无尽感慨，也没再管他，自己拎着两手的垃圾袋下楼了。

白泽赤脚从沙发上跳下来，贼兮兮地看着他的背影走远，然后一把把门关上，反锁好。

"开门。"

梅无尽扔完垃圾回来，就吃了个闭门羹。

"除非你跟我道歉。"白泽坐在地板上玩消灭星星的游戏，一边跟他谈条件，"以后不准骂我蠢，不准叫我白痴，不准对我进行人身攻击，不准……"

梅无尽被外面的大风吹得连打了三个喷嚏。他身上就穿着一件单薄的衬衫，大衣外套脱了放在客厅里。

一直闷着没说话。

"你是不是感冒了？"白泽突然问。

梅无尽淡淡地指出："你今天早上卷被子了，我是被冻醒的，当时鼻子就堵了。"

白泽一听，有点心软了，但还嘴硬："谁叫你非要和我同床共枕的！我没嫌弃你，纡尊降贵和你一起睡了，你现在感冒了，别想赖我头上来。"刻意强调，"我可不会对你负责！"

梅无尽头晕："谁要你负责了。"

"那我现在开门了，你进来不准打我哦。"

"我只想揍你。"

"对着老子这么帅的一张脸，你也下得去手？"

"……"

梅无尽回头看了一眼，视线扫过，没有发现可疑的人影。刚刚只是错觉吗，好像听到了按快门的声音。狗仔队应该找不到这里来才是。

"怎么了？你在看什么？"白泽问。

"没事。"梅无尽收回视线。

"哦，我去给你泡感冒冲剂。"白泽说。

梅无尽笑了笑，眼尾斜斜往上一挑，盛满了不可思议："怎么你良心发现了？"

白泽瞬间暴走："滚你大爷的，老子要在冲剂里面下药！"

梅无尽反手把门关上，再朝外望了一眼，眉头皱起。

躲在草丛里的某八卦杂志记者，兴奋地翻阅着刚才抓拍的照片。还有赶紧把那些"激情四射"的对话记录下来。连明天头条的标题，都在心里拟好了。

现在网络上有大批粉丝都在关注梅无尽的 CP 问题，之前曝出过他和白泽两人逛超市的照片，突然间就掀起了一阵讨论的热潮。在很多粉丝心目中，梅无尽和白泽已经是官方配对了。

明天如果又公开两人同框的画面，产生的影响肯定不小。

某记者开始脑补这个月老板给加薪的幸福场面了。

翌日，天阴沉沉的又开始下雨，这个冬天好像分外漫长。

白泽练舞练到一半，被人叫去 Boss 办公室。他猜不出来是什么事，却看见梅无尽也在场。

"廖总。"白泽敲门，中规中矩地打招呼。

"进来坐。"廖洪川说，心情似乎很好，脸上都是笑。桌上是摊开的各类八卦杂志和娱乐报纸。

白泽挨着梅无尽旁边的位置坐下，小声问他："怎么回事？"

梅无尽置若罔闻，态度冷漠得不像话。

白泽哼了一声，也板着脸不说话了。心想这人脾气真差，简直翻脸不认人，明明前几天还睡了他的床。

廖洪川不动声色地看着两人互动，把那一堆报纸杂志拿给他们看。

白泽第一眼就被上面的各种黑体加粗的标题吓住了。

——"白梅 CP 已坐实，寒冬秀恩爱。"

——"白梅有爱同居中,日常拌嘴暴击单身狗。"
——"惊喜!梅无尽室友大曝光!"

廖洪川开门见山地对两人说:"你们也看到了,现在的媒体和粉丝最喜欢看到的就是你们俩炒CP,如果迎合这个市场,必定能迅速把你们捧红……按照公司之前的安排,无尽原本计划在这个月的23号正式出道。但现在我有个新想法,希望你们俩能够以偶像组合的形式出现在观众面前……

"无尽,你各方面发展都比较全面,可以多带一带白泽。你们现在正好同居,也有机会慢慢培养默契……"

接二连三的消息,让白泽不知该作何反应,惯性地转头去看梅无尽。他亦没有任何的反应。

没有拒绝,也没有答应,只是皱着眉。

白泽被梅无尽这样无所谓的态度刺了一下,心底沉闷,连脸上的笑容也不见了。如果组合出道,他是弱势的一方,实力不如人的一方,相当于借助梅无尽的力量往上爬。

梅无尽不愿意,也是自然。

白泽想得清楚明白,不带一点含糊,心里却还是不舒服。想着,这家伙就这么怕我拖累他吗?

白泽站起来说:"对不起,廖总,我觉得我和梅无尽可能不太适合,我不能接受您的这个提议。"

梅无尽诧异地看着白泽。

廖洪川显然也没想自己会遭到旗下艺人的否决，更何况是一个小小的练习生。

"你知不知道你进公司成为练习生之前，签下的合同里写着什么？"廖洪川摔了手上的杂志，大声道，"上面写着艺人必须无条件接受公司的打造计划！无——条——件！"

洪亮的声音，震得白泽耳膜隐隐发疼。

他收敛起所有的情绪，全副武装起来，变得有点不像他自己。

他说："我愿意赔偿违约金。"

拉开办公室的门，头也不回地走出去。

这一刻，他不再是梅无尽眼中的白痴，做事不经大脑思考的少年，任性胡闹的孩子。他是那个为了梦想只身来到C城闯荡的阿泽，满怀憧憬地来，再一个人，失魂落魄地回去。

他亦有他宝贵的可笑的自尊，不可摒弃。

梅无尽看着他的背影，眼中掠过一抹深色。

BAIYUN
WUJIN
—— 第四章 ——
我爸爸的事，我一定会查清楚的！

从 C 城飞回 L 市其实要不了多长时间，但是这两年里，白泽一次也没回来过。跟这边的联系，也早已经全部断掉。

他当初为了走上娱乐圈这条路，签约成为全国最大的娱乐公司EME 的练习生，义无反顾奔赴 C 城，遭到了父亲白继成的坚决反对。父子两人彻底闹掰，白泽被切断了经济来源，但硬是梗着脖子，没低头认输。

如今他背着一身债务回到 L 市，不知道该怎么去面对白继成。

应该会对他很失望吧？

白泽在路边随便找了一家咖啡厅避雨。

除了他，店里只有老板一个人，坐在柜台前的高脚椅上摆弄

DV。大概是觉得无聊，突然问起白泽："要不要放个片子看看？"

"好啊。"白泽说。

"你自己过来选碟。"老板似乎是个性情中人，十分随意，指着架子上的一个铁匣子说。

白泽在里面看到了很多老电影的名字，然后找出来一张比较新的碟，叫《无尽之城》。封面被保护得很好，上面印着男女主人公的侧脸，不起眼的角落里，还有一个少年。

他有一张让人看一眼就能记住的脸。

那大约是十六七岁的梅无尽。上了暗色的妆，气质沉郁，蹲在潮湿阴冷的巷口，脚下的青苔一路蔓延生长，像纠葛不清的长发。

当初在EME众多的练习生中，白泽首先有注意到梅无尽这个名字，就是因为《无尽之城》。他在里面演一位魔族的妖冶少年，因为诅咒，掉入时空裂缝里。时间被无限地拖长，每度过一天都像一个世纪那样漫长。直到有一天遇见女主，他爱上她，用生命庇佑她，把她送出无尽之城。

梅无尽那句平淡无奇的台词，后来却被影迷们奉为经典。

——"如果你在外面见过了好的爱情，记得回来告诉我，我在时间尽头等你。"

他的戏份不多，只是女主长长的一生中的一个片段，却演绎得出乎意料地成功。当年好像还得到了一个影视大奖的最佳男配角提名。

《无尽之城》是梅无尽参演的第一部电影。他横空出世，出现在大众的视线当中。然后签了EME，从一名练习生做起。这个浮躁的圈子里，少有这样沉得住气的新人。他潜力无限，日后如果不出意外，就是前程似锦。

两个小时过去，外边突然放晴，快到正午了。

电影放完了，白泽喝完面前冷掉的咖啡，鬼使神差地问老板："这张碟能不能卖给我？"

老板有点为难："不太好吧？这张可是限量版哎，我自己排了好久的队才买到的。"

白泽不好强人所难："那算了。"

"你不会也是梅无尽的粉吧？"老板突兀地问。

"啊？"白泽心里一跳。

老板说："之前老有隔壁学校的小姑娘来找我买这张碟，都是冲着梅无尽来的，哈哈哈……"

白泽跟着干笑几声，别扭地转头看窗外。马路对面的街角走过一个人，背影颀长，无端觉得熟悉。白泽立即想到梅无尽那张面无表情的冷漠脸，赶紧摇了摇头，把他从脑子里甩出去。

真是阴魂不散啊！

到 C 城了还不放过他，烦人。

"老板，来首劲爆点的歌吧，Brutal death 那种。"

"小帅哥心情不好，需要宣泄？"

"这都被你看出来了呀……"

"是不是失恋了？"

白泽黑着脸："大叔，你可真会聊天。"

老板继续回以爽朗的笑:"要不要再来一杯黑咖啡?失恋的人第二杯半价喔。"

"不用了,你留着自己喝。"

消磨了一上午的时间,还是站到了白氏集团的台阶下。白泽看着面前这栋熟悉又陌生的大楼,玻璃上折射的光刺得他眼睛酸涩。

呼了口气,鼓起勇气走进去。

前台的姑娘换了,不再是原来脸上有小酒窝的那个,自然也不认识白泽。于是被拦了下来。

"请问您有什么事吗?"

"我找你们白总,白继成。"

前台的脸色瞬间变得十分微妙,盯着白泽看,像在打量。

白泽弄不太懂那种意味不明的眼神。他刚刚说的话有什么不对劲的吗?可还是耐着性子再问了一遍。

这次前台给出的是一个含糊的回答:"白总他……不在。"

白泽脑子一蒙,问道:"他去哪里了?"又急急忙忙地补充,"我是他儿子。"

他是他儿子,但是他已经联系不上他。早在两年前,父子两人闹翻之后,白泽连换了手机号码也没有跟白继成说过。

这样说来,自己也觉得悲哀。淤积在胸腔的愧疚,突然淹没了他。

"您稍等,我帮你问问。"

前台拨打内线,跟上层交代了一下情况。马上有人下来领着白泽进入电梯，一路带他到办公室。

那曾经是白继成工作的地方。

小时候的白泽喜欢过来玩，一个人霸占大片区域，展开跳舞毯，在上面瞎蹦。白继成也不管他，随他高兴。如今想想，记忆里的很多小事，一发不可收拾地冒出来。

白泽推开门，看见却是完全不同的景象。

不仅仅是装潢和摆设变了，连坐在办公桌前的人也换了。

"徐叔叔，我爸爸呢？"白泽心里涌现出强烈的不安。为什么曾是副总的徐长朗，如今会坐在白氏集团董事长的位置上？他不在这两年里，到底发生了什么？

还有最重要的是，他爸爸呢，现在在哪里？

徐长朗吩咐秘书给白泽泡茶。他人近中年，颧骨较常人突出，面相看起来凶恶，严肃时不怒自威。这时似乎是想安慰白泽，努力放缓了表情，语气却沉重："小泽，你爸爸半年前检查出颅内肿瘤，手术不成功，去世了。"

白泽一阵眩晕，耳朵嗡嗡作响，像有人拿着锥子一下下敲打在他的耳骨上。

徐长朗说："我们当时联系不到你，白家也没有其他的人，继成的后事是由我一手操办的。小泽，你想知道什么都可以来问我。"

颅内肿瘤？

这么扯淡的事，白泽怎么会相信。

他怎么敢相信。

"所以你就顶了他的位置？"他声音嘶哑地问。

"这是由公司其他股东一起投票决定的，不是我一个人……"

"够了！"

"我与你爸爸相交多年，我不可能会害他！"

"你这么着急否认干什么？我有指名道姓地说你害他吗？"白泽一字一句地问，"徐叔叔，你心虚什么？"

秘书的茶盏送至面前，被他伸手一挥，在地上摔得粉碎。

徐长朗耐心耗尽，这会儿也怒火中烧："小泽，你这是干什么？"

白泽双眼通红，狠狠盯着徐长朗说："我会查清楚的。我爸爸的事，我一定会查清楚的！"

白泽走出白氏集团的大门，一口气郁结在胸口，仿佛窒息。面前是人来人往的热闹街道，他的眼泪没有预兆地掉下来。

这是真的吗？

在他不知道的时候，这个世界上他唯一的亲人已经离他而去。如果真的是肿瘤，真的如徐长朗所说，到了最后的关头，爸爸想要联系他都不能够做到。

他要如何面对这样一个自己。

歉疚、悔恨、痛苦，汹涌而来，少年站在一棵榕树下双手遮住眼睛，无声地哭起来。

忽然就没有力气再走下去。

这也是他为了梦想努力而付出的代价吗？曾经无数次设想过，自己要变得光芒万丈，捧着荣耀证明给那个男人看，让他为他骄傲，向他证明自己,却连这样的机会都失去了。

白泽冷静下来想到一个人,手机的备忘录里还存着他的号码。
"喂,是沈伯伯吗?我是小泽……"
沈世清是白继成的至交好友,两人是大学同学兼室友,后来一起自主创业,只是方向不同。当年白泽妈妈还在的时候,常邀请沈世清来家中做客。他是商业圈中有名的儒商,温文有礼,待人亲近没有架子。
"小泽啊,你爸爸的事情,我也感到很抱歉……"
"是真的吗?徐长朗没有骗我吗?"
"确实如此,继成手术后我还去看过他一次,没想到当晚他就……"
白泽心里最后一点希冀也慢慢破碎。

白家的别墅在 L 市最好的一带地段,葱郁的花木围绕着每一栋别墅,湖泊环绕,风光无限好。
白泽打车重新站在家门口,看着黑色铁门上的那把大锁,心就像被狠狠揪疼了一下。里面无人打理的松柏和梅花肆意生长,枝叶茂盛,在冬日的阳光下却透出一种荒凉来。
稀薄的太阳渐渐落山,白泽鼓起勇气掏出那串两年不曾用过的钥匙开门,在看见落满灰尘,却仍然和他当年离家时的摆设一模一样的场景时,忍不住号啕大哭。
白继成似乎是一直在等他回来,玄关处的还摆着他以前常穿的拖鞋,桌上的小篓子里放的是他喜欢吃的零食,茶几上的马克杯,墙上挂着的篮球，收在角落里的跳舞毯，各种乐队的海报……

这些无一不昭示着，白继成直到入院动手术之前，都在等白泽回来。

他与他切断父子关系，当年决绝地说，我没有你这个儿子。

但是他有多舍不得，多想再见一见他长大了的孩子。

白继成联系不上白泽，因为他号码换了。可白泽明明可以先联系爸爸，只是他没有这么做。

二楼左拐第一间房，面积最大，向阳，温暖而明亮。是白泽的卧室。

和想象中一样，卧室里还是一如白泽走之前的样子。按照记忆的指示，他在书桌最底层的柜子里找到了那本相册。

一页一页地翻开。

开始的时候，是一家三口幸福美满的合照。慢慢往后，妈妈的身影从照片中消失，只剩下白泽和爸爸。白泽早年丧母，白继成却为了白泽一直没有考虑再娶。

白继成相貌堂堂，又家境殷实，再找一个合适的对象并不是难事。但他从来不提这件事，白泽也就理所当然地接受这一切，却没有为他打算过。

他任性、自私、恣意妄为。直至如今，一切无法挽回。

他抱着那本相册哭了，躺在冰冷的地板上，身上的温度仿佛一丝丝抽离，找不到一丁点暖意。

可就这样哭着哭着睡过去。

如果这一切种种，都只是一场梦就好了。醒来，他还是那个抱着大桶鸡翅在客厅里啃的那个孩子就好了。

白泽是被浓烟呛醒的。

他花了两秒钟来反应，他还在自己家里，但是他没能回到从前。并且现在的情况是，他家失火了。

跑下楼，去发现前后的门窗都被钉上了，怎么也弄不开。

白泽内心一片死灰。

眼看着火势越来越大，他的努力都白费，几乎快要放弃了。

突然传来的汽车鸣笛声在火焰蔓延的滋滋的声音里格外响亮，白泽一愣，一辆越野车从门口撞了进来，直接把门撞倒。

隔着滔天的红色火苗和灰蒙蒙的浓烟，他隐约看到了驾驶座上的那个人。

——梅无尽？

BAIYUN
WUJIN
——— 第五章 ———
特地回来看你蹲街角吃面。

越野车冲出火光,别墅区的保安人员也终于闻风而动,报了警,消防队员过了十来分钟才赶过来。

梅无尽把车停在湖泊边的安全地带,快速把车窗打开,让新鲜的空气透进来。白泽仿佛还未从方才那场惊心动魄中回过神来,呆愣地注视着前方,眼睛迷惘一片没有焦点。

"有没有哪里受伤?"梅无尽问。

平日里嘴不饶人的家伙,这时候沉默得像个哑巴。

梅无尽等了等,见他这时木讷,没有反应,倾身到副驾驶座上察看。

脸花了,被烟熏得乌黑,但好在没伤口。下巴、脖子、锁骨,裸露在外面的部分都没有问题。冬天穿得多,衣服没有烧烂,身上应该也还好。

只有左手的手腕和手背上有一点擦伤，应该是慌乱中蹭到的。

梅无尽拿过后座上常备的医药箱，替他先用酒精消了毒，再上好药。

白泽难得有这么乖顺的时候，动也不动，全程都配合。

梅无尽低头再要去看他的脚，被他避开了。

白泽喉咙干涩得发疼："你怎么会在 L 市？"

梅无尽拧开水瓶，凑到他嘴边，说："碰巧路过。"

白泽没有心思管话里的真假，就着他的手微微仰头喝了一口，沉默着又不说话了。

火灭了之后，警局的人也来了一趟。

别墅无故失火，让其他的住户纷纷提心吊胆，要彻查原因。门卫室把监控调出来，发现除了白泽，没有其他任何人靠近白家的别墅。

梅无尽又陪着白泽去了一趟 L 市的警局。

短短几天，从 C 城到 L 市，这已经是第二次进警局了。

白泽晚上没有吃东西，肚子一直空着，录完口供外面天都黑了。梅无尽让他先在大厅里避风，自己去找店子。

附近的餐馆不多，梅无尽知道白泽挑剔，多走了几家，才选中一家粥铺，点了两份招牌口味的打包带走。

收银的小姑娘好像认出了他，一直偷偷打量着，又不敢真正搭话。直到他付钱的时候，对方才鼓起勇气开口："请问……你是梅无尽吗？能不能给我签个名呢？"

手里的笔和纸，战战兢兢地递给面前看上去并不是十分好亲近的少年。却被他没有犹豫地接下来,一笔流畅地写下自己的名字,甚至还听见他说了一声谢谢。

小姑娘受宠若惊地捧着本子,激动得不知道该说什么才好。梅无尽已经拎着装着粥盒的纸袋走出了大门。

梅无尽在台阶上还隔着一段距离,看见警察厅透明的玻璃窗内,白泽身边坐了一个年长的男人,两人应该相识,在交谈。但好像事情谈到了尾声,再说了一两句,男人就站起身来和白泽道别,朝门外走出来。

正好和梅无尽擦肩而过。

儒雅的长相,梅无尽有一瞬间的晃神,好像在哪里见过。

白泽上前来抢他手里的纸袋,检查他去这么久,到底买回来哪些山珍海味。

"怎么就只有粥和豆浆啊?"

"你现在空腹,先吃点这些暖胃,不然一下子太撑了胃会受不了。"

白泽不满地嘟起嘴,却又无法反驳。

"刚刚那个人是谁?"梅无尽随口问起。

"爸爸以前的老朋友。"白泽提到白继成,含在嘴巴里香甜的粥顿时没有了味道。"他刚好打电话给我,又从附近路过,就进来看看我啰。"

经过晚上这么一闹,他精神很不好,头发乌黑,裹在深色的大衣里,一张脸苍白,恹恹的样子,却还不忘浑身竖起刺,冲梅无尽发脾气:"你问那么多干吗!"

"怕你被人拐了。"

"要你管！"白泽一点就爆，几乎是无理取闹地冲梅无尽发脾气，"你滚开！"

人有时候真的很奇怪。一个人默默承担着所有的难过，但是当身边有了另一个人，就变得软弱。

他好像知道他会这样包容他，坏的一面毫无顾忌地暴露出来，让他看见。

当梅无尽失望地转身离去，白泽却马上后悔了。他不应该把坏的情绪加诸在梅无尽身上，但是他真的想要好好地发泄。

他端着小米粥，站在原地，鼻子发酸，却还是没有开口叫住那个人。

白泽身上的现金不多，一时找不到银行，立即就拮据起来，临时在一家普通的稍显破旧的宾馆住下。

白继成在时，给唯一的儿子的东西都是最好的，从来不舍得他受一丝委屈，有一分不满意。白泽被骄纵着长大，远不止衣食无忧的程度。两年前他去C城，也开始习惯不那么富裕，甚至称得上有点艰苦的生活。

如今他住在廉价的出租房里，勉强还能撑得下去。但是白色被单上的一团黄色污渍，让他心里的不舒服渐渐放大，立刻找老板娘更换。

满头卷发夹的女人，坐在一台结满了油垢的台式电脑面前看肥皂剧，敷衍着说："哎呀不脏的，上个星期有个顾客不小心倒了点老干妈在上面，我都洗了五六遍了，印子去不掉了……"

听那意思，是并不准备给白泽更换床单，让他将就一下。

"那我换一间房。"白泽耐着性子说。

女人"啪"的一声按下暂停键，吼道："你来找碴儿的是不是！你有本事就住对面的五星级大酒店去啊！那里最干净！你要嫌我们这里脏，赶紧滚蛋，别吵着老娘看电视！"

白泽没有多少行李，就一个随身的挎包，被赶出去相当方便。老板娘只需要把他往外一推，再加一句国骂，砰地关上门，一切就结束了。

而且还没有退钱。

要是以往遇到这种情况，白泽估计会大闹起来，不计后果地砸了人家的招牌也说不定，但现在他连和人吵架的力气也没有了。

手插在口袋里，漫无目的地走。

白家别墅遭殃，白继成去世，他已经无家可归。这是种天塌地陷的感觉，无形之中有沉重的负荷加之在身上，挤压着心脏，呼吸也变得不那么顺畅。

脑袋钝痛，无法缓解。

在白泽的记忆里，从未有过这样冷的冬天。

路过一家小商店，里间传来大人搓麻将的声音，扎着辫子的女孩坐在门口写作业，皱巴巴的红领巾还戴在脖子上，忘了取下来。

白泽的肚子不识趣地咕噜叫了，声音有点大，女孩抬头怔怔地看着他。

"我要一桶面。"白泽指了指货架，对女孩说。梅无尽买的粥被他任性地扔进了垃圾桶，他现在快要饿死了。

"四块五。"女孩说。

"你们这儿有没有热水?"白泽问。

"有,加一块钱就给你泡好。"女孩老练地回答。

白泽又在心里骂了一句,连个孩子都知道压榨他。但丝毫没有办法,冷冷酷酷地把钱递过去。

女孩一边撕开调料包,一边提醒他:"可以进来坐,我们里面有桌子和椅子,只要另外加一块钱就好了。"

白泽这晚碰到的全是黑店,连个孩子也这么厉害,看上去明明很无害。

"你要加钱吗?"女孩再问了一遍。

白泽郁闷地那桶面接过来,没好气地说:"不用了,我脸皮厚,蹲街角吃,不怕丢人!"但还是忍不住多问了一句,"谁教你这样做的?"

女孩非常诚实坦率地说:"我妈啊。我妈说,这样我们能多赚一点钱,好早点搬走。"

白泽想,自己一定疯了,才会觉得有个这样的妈妈至少也是好的。这家小店乱七八糟,很多商品上都盖着一层灰,门角的垃圾桶爆满,已经塞不下了,还没有扔掉,可见这是个多么邋遢的女主人。

反差极大的是,女孩头上的辫子却编得精致又漂亮,需要很大的耐心。她妈妈为了她却能够做到。

不知道为什么,让白泽有那么一点羡慕。

白泽坐在街道旁的花坛上吃面,狼狈地低着头,快速地咀嚼吞咽,再喝一口汤。舌头被烫到了,热雾升腾,眼睛里忽然就有点模糊。

以至于梅无尽出现在他面前的时候,他一瞬间错愕,没有认出梅无尽的脸。

嘴里咬着面条的蠢样子全被看见了。

白泽反应过来之后,狠狠地瞪了梅无尽一眼,却没有任何威慑力,大声对他说:"你来干什么?你不是走了吗,还回来干吗?"

听这语气,好像还有点委屈?梅无尽压住嘴角的笑,冷淡地说:"特地回来看你蹲街角吃面。"

"你这个变态!落井下石的小人!"

白泽仰着头吼起来很费力,自觉气势低他一等,赶紧站起来。但还是比梅无尽矮了几厘米,索性就站到了花坛上。

"幼稚鬼。"

"你才是!"白泽揪住梅无尽的衣领。

梅无尽嫌弃地把他推开:"离我远点,一身的泡面味。"

白泽大受打击,反倒黏上去,狗皮膏药一样贴着梅无尽,气哼哼地说:"老子就是要熏死你!"

梅无尽拿手抵着他的头,不准他靠过来,无奈地说:"好了,你别闹了,先跟我去吃东西,然后回酒店洗个澡。"

"洁癖大王……"白泽一路碎碎念着,却不由自主地跟着梅无尽走,恢复成以前气势汹汹的样子。

分明很讨厌这个人,但是怎么他一出现,自己却像忽然有了底气。

感觉不再是一个人了。

L市的冬夜刮着寒风,凛冽的痛感,皮肤好像会被划破,渗出血来。白泽吃饱喝足,洗了个热水澡,躺在床上却睡不着了。梅无尽住在他对面的房间，两三步跨过去敲门。

白泽想着梅无尽一定睡了，这时候把他吵醒，让他从暖和的被子里爬出来开门，这才叫解恨。

抱着恶作剧的心态窜过去，屈起手指，"咚咚咚"地敲门。

过了五六秒，梅无尽从里面把门打开了，脸上毫无睡意，十分清醒地问白泽："你又有什么事？"

白泽从门缝里挤进去，发现梅无尽的床铺一点也不乱，显然是还没睡过。桌上却摆满了乐谱，篓子里已经报废了很多的纸团。

白泽这才意识到，梅无尽仍是 EME 中的一员，他需要工作。如今出现在 L 市，也不知道是怎么请的假。

"你在作曲？"白泽问。

"嗯。"梅无尽说，"但是没有特别好的想法，有点卡壳，现在没有灵感。"

"没有灵感就好好休息呗。"

白泽所不知道的是，梅无尽这次为了能够请到假出来找他，私底下答应了廖洪川苛刻的条件，必须在三天之内上交令人满意的作品。

白泽只是以前隐约听说过，梅无尽作词作曲都很厉害。

"你以前学过吗？"

梅无尽模棱两可地点了下头。

他以前上学的时候，最开始是在天桥上和地下通道里唱，一边琢磨，一边领悟。机缘巧合下认识了酒吧老板，又去酒吧驻唱，经验和技巧在生活中一点点磨砺出来。他受过无数白眼，也听过不少掌声，成长为现在的梅无尽。

也是在酒吧的一次演唱中,他被李辛导演和廖洪川同时看中,才有了参演《无尽之城》的机会。

梦想从来不会一蹴而就,只能够靠一步一步坚持不懈地攀登。

梅无尽拿了睡衣去浴室洗澡,白泽偷偷摸摸地把那些桌上那些谱了一半的曲子搜罗过来,一句句地哼出来。

相比梅无尽,白泽最大的优势在于声音。

他的嗓音很有辨识度,亦不同于他毛毛躁躁的性格,带着少年特有的质感和磁性,又有几分柔软,声线干净,听起来让人觉得舒服和温暖。

白泽趴在枕头上,拿着铅笔在纸上写写画画,小声地唱,不一会儿就把梅无尽原本干净整洁的稿纸变成了一个涂鸦场,面目全非。

梅无尽从洗完澡出来,白泽还得意地扬起手,对他说:"你不是没灵感吗,我给你画了很多东西,刺激你的大脑神经。"

梅无尽走近一看,五线谱上挂着的几只丑南瓜,让他眼角一跳。下边还画着大大的癞蛤蟆,看上去确实刺激视觉神经。

某人还真是无聊透顶啊。

"精神这么好?不去睡觉吗?"梅无尽问。

"我不。"白泽赖在床上,卷着被子滚来滚去。

"随便你好了。"梅无尽擦着头发,重新坐到桌前,似乎还准备工作。

白泽觉得无聊,不罢休地给梅无尽出馊主意:"要不你给我写首歌吧？特别简单，只要夸我帅就可以了，我可以帮你填词哦，咱们俩双剑合璧，这歌出来之后肯定受欢迎……"

　　梅无尽把手机调到音乐的界面，随机点开一首歌，戴上耳机，专心致志地做起了自己的事，摆明了不愿意再受白泽的干扰。

　　"哼……"白泽表示不满。

　　他开始一个人说话，自言自语，有时还唱歌，疯子一样。所有的不满和害怕，都通过声音传递出来。

　　反正没有人会听见，梅无尽塞着耳机，也不会听见。

　　但此时此刻，好像不同于以往那么落寞。因为有一盏昏黄的灯，灯下有个俯首桌案的人。白泽有一种错觉，仿佛梅无尽那么远从C城赶过来，只为了在这样一个安静的夜里，这样安静坐在不远处，默不作声地陪着他。

　　白泽被自己这个想法惊得一愣。

　　他是不是脑袋秀逗了，才会冒出这些小女生常有的念头。

　　直接狠狠敲了一下脑门。

　　好疼啊……

　　半个小时候之后，房间里悄然寂静，只有窗外隐约传来风声。

　　梅无尽摘掉耳机，手机一直保持在静音的状态，歌曲还在继续播放，但其实没有一点声音。

　　白泽把自己裹成了一只厚厚的茧，横着躺在了床中央，呼呼地睡着了。

　　他好像梦到了什么不好的事情，皱起眉，嘴巴跟小孩一样噘着。

梅无尽伸出一根手指，在唇上按了一下，他又自动地翘起来。

梅无尽不由得笑了笑。

把人摆正，往他头下面塞了一个枕头，再稍微松了松被子，勒得这么紧，他连手都伸不出来，也不知道难不难受。

这晚梅无尽彻夜无眠，思绪翻涌，他在天亮之前写出了半首歌，还没有完。他在心里已经取好了名：

——《白云无尽》。

第六章
梅无尽你能不能别管我!

警局那边毫无头绪,没有调查出任何结果,仿佛真的是天外飞来一把鬼火,莫名就把白家别墅烧得一干二净。

于是一天之后就通知了白泽,说此次事件,纯属意外。

白泽在警局里大闹,心里憋着气,大声骂人,扰乱公共秩序,差点被抓起来。

梅无尽只是去了一趟洗手间,回来就见白泽被一个小警察反锁双手,头被压在桌上,正嗷嗷乱叫。

不远处有几个女生拿着手机,正对着白泽拍。

梅无尽也一时大意了,忘记了白泽虽然已经离开 EME,但仍具有极大的明星效应,被认出来也情有可原。只是视频或者照片被传到网上,不知道又会掀起什么样的风波。

而且白泽的性格，本来就容易招黑。

"能不能麻烦你们把录下来的视频删掉呢？虽然这样的要求听起来很无理，但是还是希望你们能够谅解。"梅无尽走过去，对那几位女生说。

他的身份立即也被认出来，对方捂着嘴惊呼，眼睛里满是欣喜。

"梅无尽，我们很喜欢你！可以帮我们签个名吗？"

他迅速在她们的笔记本上留下名字，甚至和颜悦色地按照她们的要求写了几句话。

然后他再次提出："麻烦刚才的删掉视频和照片好吗？"

其中有一个女生似乎很不喜欢张扬跋扈的白泽，向自己的偶像提出了质疑："你为什么要这么维护白泽呢？他那样的人，根本不值得啊……"

梅无尽说："我比你们更了解他是一个怎样的人。"

"你们到底是什么关系？"

"他是我要珍惜一辈子的朋友。"

"他那样的人根本不配和你做朋友！"女生的态度徒然激烈，生气地说。

梅无尽冰山脸上维持的笑容也终于消失殆尽。

"谁稀罕和他做朋友了？"背后传来一声冷笑，好听的声音里却带着冷凝的寒意，白泽不知什么时候站到了梅无尽身后。

他一副吊儿郎当、无所谓的态度，只有口袋里攥紧的拳头，泄露了情绪。

他冲着梅无尽咧开嘴，一个夸张又刺目的假笑，痞痞地说："你可千万别和我这样的人做朋友哪，不然该有多恶心，你看，你的粉丝们都要为你打抱不平了……"

心脏狠狠地抽搐着疼了一下。

白泽控制不了自己的情绪。他是行走在悬崖边上的人，摇摇欲坠，却装作比谁都不在乎，摆摆手道："你们慢聊，我还有事，先走了。"

从警局到白氏集团，白泽没有耗费多少时间。内心的野兽仿佛就要破笼而出，狠狠撕碎这个世界的假面目。

白家失火，纯属意外？

白泽不相信。

他心里怀疑徐长朗。这个人在L市有足够的能力神不知鬼不觉地做到这件事，也最有嫌疑。

白泽到底还是沉不住气，事先想好要套话，在集团楼下看见徐长朗从车上下来，突然就爆发了。

冲上去就是一拳。

徐长朗往后连退了几步，绊住台阶，就快摔倒地上，被秘书眼疾手快一把扶住。

大批保安闻风而动，抓住挣扎的白泽。

徐长朗擦了擦嘴边的血迹。白泽那一拳拼尽全力，他的脸颊已经高高肿起来，原本就有些凶的面相这时更加透出几分狠厉，却出乎意料地说："放了他。"

徐长朗不知抱着什么心思，没有为难白泽。

天飘着雨，秘书替徐长朗举着黑色的大伞。他高高在上，看着白泽，表意不明地说："小泽，你要是真有这个能力，就把白氏从我手里拿回去。"

在大雨中疾步行走，白泽的心里空空落落。

他被徐长朗一击致命。他确实没那个能力，把白继成苦心经营的产业拿回来，他这些年活得恣意而自由，没有想过将来有一天会遭遇这些变故。

但摆在面前的事实如此，再残酷，他也得接受。

他身后跟着一个人，好像怎么也甩不掉。

雨越下越密，掩映着灰茫茫的天空。

白泽的耳边回荡着啪嗒的雨声，听不见其他的。如同失聪了一般，白泽崩溃地转身，冲后面的人吼："妈的，梅无尽你能不能别管我！"

什么时候又跟上来了？自己已经说过了那样的重话，为什么不干脆放弃他，让他自暴自弃呢？

汽车从旁边的水坑里驶来，梅无尽拽了白泽一把，车身惊险地擦着衣料而过，两人被溅了一身的泥点。

白泽下颌尖削，抵在梅无尽淋湿的手臂上。不知道是不是被吓到了，莫名安静下来。

他太累了。现在有一个支点，撑着他，他就不想动了。鸵鸟似的，暂时不去想之后的路要怎么走。

梅无尽抱着他，在心里斟酌了一下说辞，低沉的声音穿透密集的雨帘，抵达他的耳朵。

他听见梅无尽说：

"你现在留在 L 市并不安全，你和我都知道，那场大火不是意外，有人想害你。你现在要做的，是保护好自己，再慢慢揪出幕后的凶手。

"阿泽，跟我走吧，我们一起变得强大起来……"

BAIYUN
WUJIN
—— 第七章 ——
SKY 组合真的红了。

重回 C 城,就像做了一场梦。白泽恍如隔世。
他不知道梅无尽用了什么样的方法,竟然让廖洪川重新接纳了自己,恢复了他 EME 旗下练习生的身份。
同时,白泽和梅无尽也都同意了公司提出的组合出道的形式。
公司为了给他们俩宣传造势,刻意制造和策划了很多起绯闻,网上早已经把"白梅"CP 炒得火热。
出道的时间定在来年的二月中旬。这一年即将要过去,满打满算,也只剩下了四十来天。一切都在紧锣密鼓地进行着,排练,收录歌曲,梅无尽拿出了自己所有压箱底的歌。
这让白泽非常惊讶。

"你干吗这么'无私奉献'？"

梅无尽睨了他一眼："管那么多干吗，好好排你的舞。"

"哼，也不知道是谁，当初一脸不愿意和我合作的样子……"白泽想起廖洪川第一次提出让两人组合出道时梅无尽冷漠的态度，仍旧耿耿于怀。

"我什么时候说不愿意了？"

梅无尽有点出神，他当时没有不答应。只是廖洪川突然提议，让他感觉诧异，一时之间忘记表态而已。哪里知道旁边的家伙内心这么敏感，明明看上去神经大条。

"你摆明就是！当时一脸嫌弃我的表情！"白泽指控他说。

"笨蛋。"

"你看！就是你现在这副表情！"

白泽扳过梅无尽的脑袋，让他照镜子。

练习室的镜子里出现两张紧挨着的脸。一个生着漂亮狭长的凤眼，光华内敛。一个是大大的圆圆的猫眼，澄澈透亮。

两人大眼瞪小眼。

公司新给他们安排的经纪人魏琳看到这一幕，觉得呆萌又可爱，顿时少女心泛滥。躲在门外悄悄用手机偷拍下来，准备找个合适的机会放到网上去。

"咳咳咳……你们俩干吗呢？"魏琳拍完再进去搅乱气氛，开玩笑道，"正在相互深情的凝望？"

梅无尽佯装若无其事地站起来。

白泽满头黑线,伸手重新打开音响,准备再练习一遍舞蹈。

　　魏琳自讨没趣:"喂喂,你们怎么能这么冷漠?不应该过来讨好我吗?我可是掌握你们的'生杀大权'!"

　　没人理她。

　　魏琳冷场,头顶仿佛有乌鸦飞过。

　　"你们俩好像是被我坏了好事之后,各自一脸欲求不满的样子啊……"

　　白泽又黑着脸把音量调大了一截,房间里震耳欲聋的吉他弹唱盖过了所有声音。

　　他们组合的名字叫"SKY",天空。

　　这次取名好像很随意,公司高层意外地听取了他们自己的想法。魏琳过来询问他们的意见,梅无尽和白泽当时累趴了,双双躺在排练室的地板上。

　　"叫什么名字?"白泽思忖着,在问自己。

　　梅无尽闭着眼睛,一丝不苟地休息,根本没有放在心上似的。

　　魏琳说:"我不得不为你们的前途担忧了,下次希望公司能够帮我换个好点的艺人带……"

　　"你吵死人了!"白泽抱怨。

　　魏琳是新晋经纪人,性格活泼开朗,二十多岁的年纪,和白泽他们属于同辈,彼此说起话都很随性,没有那么多的顾忌。

　　"那你赶紧想名字噢。"魏琳说完,立即噤声了。

白泽双手枕在脑后，打开的窗户外是碧蓝如洗的天空，雨后初晴，飘散的几朵白云像棉絮一样，被风轻扯成丝丝缕缕，牵连不断，蔓延到辽远的视线尽头。

白泽，梅无尽……

白云，无边无尽……

同时包含了这两个元素的，好像是天空哎。

"那就叫SKY吧。"白泽突然说。

"会不会太普通了点？感觉没什么特色。"魏琳说。

白泽伸了个懒腰，活动筋骨："我觉得不会呀，哈哈哈，大俗即大雅嘛。这名字简单又好记！"

梅无尽没有反对。他眯了一会儿之后，望了望窗外说："哦，那就用SKY好了。"

白泽听了他赞同的话，却莫名其妙地别扭起来，脸皮有点发热。

出道后，他们推出的第一首单曲叫《白云无尽》。

因为前期造势成功，这首歌爆红，仿佛只是在一夜之间。白泽感觉到不太真实，转头去看梅无尽，他还是在抱着吉他写歌，浮躁的心又稍微沉静下来。

让白泽生气的是，那些对他们的关注、铺天盖地的报道，更加注重的似乎是他和梅无尽之间的CP绯闻。

相较之下，认真地在听他们唱歌的人，只占了少部分吧。

微博热搜榜上，占据前几名位置的，全是"白梅CP"之类的话题，关注点不在首发单曲上面。

"喂,你又发什么呆?"梅无尽轻拍了一下白泽的后脑勺。

白泽像只猫一样受到了惊吓,奓毛地蹿起来,大吼大叫道:"你怎么每次走路都没声音的!"

"是你自己想事情太入神了。"

"才没有!"

梅无尽无奈,这家伙好像每句话都能和自己吵起来。心血来潮,走旁边过的时候故意捋了捋他的头发。

得到的反应就是,一声冲破云霄的咆哮。

"梅无尽你给老子放规矩点啊!"

"你这样叫,全公司的人都知道我对你不规矩了。"梅无尽云淡风轻地说。

果然魏琳立即闻声赶来,兴奋地问白泽:"他怎么对你不规矩了?"一脸八卦的样子,巴不得听到越来越多劲爆的消息。

白泽才不会让她如愿,收敛起脸上丰富的表情,高冷地说:"没,他没对我不规矩。我们俩一直相敬如宾。"

魏琳被命中红心,激动得倒地不起。

白泽茫然地看着梅无尽,问道:"她干吗这么激动?心脏病发作了吗?"

梅无尽问:"你知道相敬如宾什么意思吗?"

白泽摇头说:"不知道。"

梅无尽说:"形容夫妻相互尊敬,对待彼此就如同对待宾客一样。"

白泽也倒地，躺尸装死。

梅无尽好笑地轻轻踢了踢他的小腿："谁叫你平时不多读点书，尽闹些笑话。快点起来干活，音还没录完。"

不久之后就是白泽的生日。

巧的是，梅无尽的生日和他只相差了两天。

公司内部帮他们一起庆生，顺便庆祝他们出道。围在大蛋糕四周的都是认识的人，大多是曾经一起奋斗过的练习生。

一起吹蜡烛的时候，头低下来，凑到一起，白泽一个失神，睫毛差点被点燃了。

梅无尽又冷嘲了一句："你怎么能蠢成这样？"眼底却映出星星点点的烛光，给人那样温暖的感觉。

白泽难得没有回嘴，傲娇地哼了一声，就开始瓜分蛋糕。

那晚玩游戏，白泽输得一塌糊涂，被灌了不知道多少酒。本来酒量就不好，不出一个小时就酩酊大醉，躺在沙发上半睡半醒着。

后来好像听到梅无尽被推上台去唱歌，熟悉的前奏，似乎是《白云无尽》。

白泽努力撑开眼，游走不定的灯光，摇晃的人影，天旋地转的舞台，在他的视线中逐一变得模糊起来，怎么也无法准确地聚焦在那个人身上，却拼命想看清他的脸。

耳朵的声音却分外地清晰起来。

他听见他唱："白云路过你年少时光，可惜被遗忘，连同记忆，一并雪藏。"

他唱:"重逢还欢喜,第一眼看见你,便能认出你,我们好像从来没有过分离。"

歌声像浅塘里的波纹,徐徐漾开,从耳朵,一直缓缓流淌到心里。

白泽一开始就很喜欢这首歌,梅无尽拿出来的时候,他有点小小的惊喜。他虽然醉了,但是没有忘词,也眉开眼笑地跟着音乐唱起来。

魏琳后来笑话他:"都醉成那样了,还知道在台下应和你CP,没想到你不仅仅傲娇,还是条小忠犬啊……"

闹完之后散场,各自回住所。

梅无尽扶着站不稳的白泽,把他的大部分重量都转移到自己身上来。只是他不配合,醉了也不是安分的人,手臂抓都抓不住,像条泥鳅。

梅无尽威胁地在他耳边说了一句:"再闹把你扔海里喂鲨鱼!"

白泽不知听成了什么,反而傻乎乎地翘着嘴角笑起来。

干净又明朗,像染上了正午的阳光。梅无尽想,再多的无可奈何,估计也会给这样的笑容磨成心甘情愿。

一路折腾着走到地下停车场,魏琳开车送他们两个到双人公寓的楼下。

走之前,无良的经纪人冲着梅无尽挤眉弄眼地笑,拿出一串崭新的钥匙来,暧昧地说:"公司给你们安排了新房,是超级豪华别墅哦,明天我带你们去看……"

这个消息,无比强烈地提醒着梅无尽,SKY真的红了。

说好的,要一起变得强大起来。

现在他们正走在这条路上,不管前方会遇到什么未知的困难,但只要一直这样相互扶持着,总会有无限的力量吧。

魏琳还在进行无限的幻想:"未来的两位天王巨星,可不能再蜗居在这个小地方了,哈哈哈哈哈……要好好珍惜以后的豪宅同居生活哟!"

梅无尽关上了车门,声音也被打断。

"小心以后嫁不出去。"

四月的夜晚,已经开始暖和起来,风里带着温度。

梅无尽索性把窗户打开。他拧着毛巾给白泽洗了把脸,等倒完水,洗了澡出来,发现方才还昏昏欲睡的家伙,正歪在椅子上玩魔方。

净白消瘦的手指,灵活地转动着六个面,无比熟练的样子,已经成功了一大半,只差蓝、黄两个色没有完全对上。

也不知道他到底清没清醒。

"阿泽?"梅无尽试探性地叫了一声。好像从 C 城那晚起,他开始习惯了这样称呼他,就算语气淡漠,也无形之中带着一点亲昵。

白泽抬头,望着他,懵懵懂懂的眼神。

原来还醉着。梅无尽想。

"快点回房间睡觉。"催促他。

白泽却好像还搞不清楚状态,傻傻地说:"我们出去散步吧?"

"睡觉。"

"散步!"

各持己见。梅无尽为了避免待会儿发生睡着了，还要被吵醒的状况，觉得有必要先把人安顿好。

直接拖着白泽走，但是他像浑身没骨头的人，软趴趴地坐在宽大的椅子里不肯动，不停地嘟囔着："我要去散步！"

"那你自己去吧。"梅无尽说，准备自己回房间，把门窗都锁好就行了，他一个人总不能撬锁溜出去。

他的手腕被拉住。只见白泽底气十足，大声地说："咱俩一起去！我们最佳组合！最佳 CP！"

这下梅无尽不由得怀疑他是不是装醉了，却毫无办法，被狠狠拖住了，抽不开身。白泽气势汹汹，不肯罢休。

"真是怕了你了，祖宗。"

最后还是梅无尽妥协。

半夜出去散步，沿着行人稀少的马路走。尽管是这样，梅无尽还得管着身边的人，免得他有突发情况。

风一直吹着，白泽有点昏沉的脑袋慢慢好受一点，不再那么重。

"我要抽烟，咱们去超市买包烟吧！"他总是一时兴起，冒出各种想法来。

梅无尽说："对你的嗓子不好。"

"我又不常抽，偶尔试一次没什么影响的。"白泽一脸期待，同时也一脸揶揄，挑衅地说，"喂，你不会没抽过烟吧？"

走进二十四小时便利店。

收银台前站着一男一女两个人。男人年轻，脸上长了青春痘。女人年长，眼角满是鱼尾纹。两个人凑在电脑面前津津有味地看娱乐新闻播报，声音调得很大，整个店子里都能听见女主播的声音。

"……近日，'白梅'CP被炒得火热，SKY组合的关注度居高不下，屏幕前的众网友纷纷表示无限期待……"

画面上出现的是白泽和梅无尽相互瞪眼睛的那张照片。弹幕滚动，均是卖萌又卖腐的各种颜文字和火星文。

白泽挑了一包顺眼的烟去前台结账，梅无尽跟在他身后，在货架上拿了一只打火机。

两个收银员的视线始终盯在八卦新闻上，匆匆结算，找了零，连头也没有抬，丝毫没有注意到光顾的客人就是屏幕内的主角。

白泽好像有点遗憾："他们好像没认出我们来哎……"

梅无尽给他把帽子扣上："这样不是最好，你还嫌绯闻不够多吗？"

"哼，我都准备好给人签名了！"

"真是自恋啊……"

白泽把烟盒的包装拆开，故作熟练。

这其实是他第一次抽烟。读书时虽然也任性，但他从未抽烟酗酒，也算是一枚好少年。那时心里大概就已经种下了关于音乐的梦想，每天往音乐室里跑，周末也偷偷去酒吧听歌，却意外地没有跟着别人学坏。

最大尺度的尝试也只是文身。

有一次背着书包路过一家装饰别具一格的店子，他好奇地进去看，热情的店主给他在脚踝上文了一片小小的枫叶。结果回家还是让白继成给看到了,被骂得半死。

他记得不太清楚了,细枝末节都已经模糊。只有文身时那丁点的痛感,和白继成骂他的样子,还鲜活地存留在脑海中。

第一口就被呛住,白泽穿帮太过于明显,别捏地转过头。梅无尽把烟从他指间抽走,自然地叼到了嘴上。

"靠,你不嫌脏啊!"

白泽嚷嚷着,立即被透明的烟雾喷了一脸,手掌用力地扇风,梅无尽却看着他恶作剧似的笑了起来。

白泽有些怔愣,他没见过这样孩子气的梅无尽。

"阿泽,不会抽烟的是你自己吧?"轻快而有点得意的语调,很难想象是从他嘴里说出来的。

梅无尽和白泽是截然不同的。

他从小不得不独立,勤工俭学,打多份工养活自己。去过太多种场合,接触过各色的人,烟有时候是最好的交流媒介,他自然而然就学会了。渐渐地,能够轻易地分辨优劣,品尝出烟丝的产地,像一个行家。

白泽抢不过梅无尽,重新点燃一支,小心翼翼的样子。

梅无尽今晚心情好像特别好,脸上总带着淡淡的笑,老妈子一样地叮嘱白泽:"下不为例,吸烟有害健康。"

"你少来,自己还不是一样……"

这是白泽年少时抽完的第一支烟,他身边的人像一棵挺拔的白杨树，站在皎洁的月光底下，沉静温和，带着几分纵容地望着他。

他想他一辈子也忘不了这场景。

酒其实早就醒了。

他们回去时，走的是另外一条商业街。到了深夜，路人也不多，不用担心被偷拍。

在道路两旁偶然看到了《白云无尽》的宣传海报，被张贴在百货商场的高楼上，在朦胧夜灯下也十分惹眼。

白泽驻足欣赏了一会儿，感慨道："我怎么能这么帅呢！"说完也顺带夸一夸梅无尽，"当然你也还不错啦……"

梅无尽无力吐槽他这种幼稚行为，看了眼手表："可以回去睡觉了吗？"

白泽说："再看两分钟就走。"

听到了很多人在大街上谈论起 SKY，提起他们的名字，娱乐报的头版头条上时常出现他们的照片，微博上每天都涌来成千上万条私信和留言，还有粉丝们寄去公司的礼物也越来越多，信件多到没有时间一封一封拆开来看。

但他好像还是一开始的那个孩子，因为每一点关注而开心，露出满足的笑容。

梅无尽说："好吧，那就再看两分钟。"

BAIYUN
WUJIN
—— 第八章 ——
我怎么会亲别人呢？

搬去小芙山别墅的那天，白泽兴奋得上蹿下跳，不出意外地打碎了梅无尽平常用来喝水的马克杯。

魏琳不敢再让白泽帮倒忙，和梅无尽两个人把东西打包好，等待搬家公司的人来装车。

白泽待在一边啃苹果就好了。

小芙山一带是C城有名的地段，依山傍水，交通方便，离市中心只有几站的距离。远远望去，复合式的双层小别墅犹如建在一片樱花丛林的深处，静谧得如同另外一个天地。

白泽第一时间抢占了二楼最大的卧室，朝阳，采光条件好。打开窗，风景明媚，湖光水色，落英缤纷。

他心虚地去看梅无尽。

梅无尽挑的照旧是白泽隔壁的房间,正在把折叠平整的衣服一件一件挂到衣柜里去,一切都有条不紊地进行。白泽想想自己床上乱七八糟堆满的东西,发觉好像无从下手。

魏琳也忙得满头大汗:"对了,公司帮你们接了一个通告,拍摄一部微电影,是廖总的意思。安排在演唱会之前,也当是替你们攒人气了。"

演戏对于白泽来说是一个全新的挑战。梅无尽却已经能够自如地应付,而且他演技还不错,李辛导演一直对他赞赏有加。

拍摄微电影的导演是李辛的一个师弟,在业界以"不走寻常路"而著称,放荡不羁的美名流传在外。素来喜欢挑战禁忌题材,拍出来的东西往往挑战人的视觉神经和底线,表现复杂的人性,发人深省。

这次的微电影《浮光》,讲述三个少年之间的故事,一段晦涩暧昧的青春情愫。

白泽扮演的是一个天赋异禀的绘画少年于余,在逼仄潮湿的深巷中长大,个性偏执而沉默,是班级乃至全年级有名的末等生,全校师生欺负的对象。

他孤立无援地生存着。

直到有一天,他家对面的房子里住进了一个神秘莫测的少年季骁,这是梅无尽扮演的男二号。

季骁的出现,让于余沉闷的生活渐渐发生了一系列的改变。

第一场戏,是在幽深的巷子口。

于余坐在家中二楼的窗口旁画画,楼下一阵喧嚣,搬家公司的人陆陆续续把家具和大大小小的纸箱送到对面的空房子里。

最后一个下车的是身穿校服,手上却夹着香烟的季骁。

于余朝下面望了一眼,正好和季骁四目相对。

全场沉默而没有一句台词,只有天边的夕阳如血,把少年苍白而显得有些病态的脸庞染得金灿灿,有种诡异的绮丽。

第二场戏,是在学校的男生澡堂里。

于余被同班同学推倒在地上,半桶冷水从头顶浇下,外面是飘雪的寒冬。他冻得瑟瑟发抖,却不甘示弱地站起来,朝恶作剧的同学挥了一拳,却立马被对方揍得毫无招架之力。

事情从恶作剧发展成为校园暴力。

季骁站在人群外围,默默注视着眼前的一切。他看着于余倔强反抗的样子,第一次对这个神经质又敏感脆弱的少年产生了恻隐之心。

在于余的裤子被扒下的前一秒,季骁终于站了出来。

全场寂然,气氛紧张。一张张年少轻狂的狠厉脸庞在昏暗的灯光下暴露出残酷而令人心惊的一面。

澡堂外却突然传来一阵匆促的脚步声。第二场戏以生活老师的及时赶到而结束,把老师叫过来的人,是剧中的男三号,低年级里暗恋季骁的一个优等生。于余曾经撞见过这位优等生在空无一人的篮球馆内,突然亲吻季骁的画面。

于余看着面前的季骁和优等生,似笑非笑。

第三场戏开始。

在堆放各种杂物的储物室,高高的棕木画架,色彩斑斓的调色板,各式的画稿散落在地板上和桌上。脸上带伤的于余坐在画架前,埋头画着,笔下勾勒出的是海洋和浪花。

季骁站在他面前,两人都不说话。

于余笔下的力道却越来越重,手腕无端一颤,在纸上划出一道突兀的痕。

季骁扔了手里的烟,不耐烦地一把拽起他,凶狠的吻落下来。明明想要解释清楚,却被眼前这人事不关己的冷漠刺伤,急着想要证明什么一般。

……

入剧组的第一天,拍摄的三场戏在晚上八点左右终于结束。

白泽卸妆的时间长,梅无尽和魏琳先在车上等他。换上了自己的衣服,他从那个阴郁少年的角色里跳出来,看着梅无尽还是感觉到一丝的不自在。

虽然接吻时只是错位拍摄。

白泽却突然想到一个很严重的问题,一本正经地问梅无尽:"你和那个男三号有没有真的亲上去?"

魏琳坐在前排偷笑。

梅无尽白痴一样看了他一眼,躺倒在椅背上补眠。白泽绝对不会这样轻易地放过他,吵个不停:"喂,到底有没有真的亲上去啊?"

"你好像很介意?"梅无尽问。

"我只是想八卦一下,不可以吗?"白泽委屈地说。

"有。"梅无尽回答了上一个问题。

"什么!你竟然真的有亲他!梅无尽,你这个始乱终弃的负心汉……"好像演上瘾了,根本停不下来。白泽趴在梅无尽身上,使劲捶他的胸口。

梅无尽尽职地配合他,摸摸他的头发,温柔地说:"没有亲,刚刚骗你的,我怎么会亲别人呢。"

"呕……"

两人一阵恶寒,各自别开脸,闪退到一边,谁也没有注意到魏琳笑得跟狐狸一样。

《浮光》播出以后,少女们纷纷表示被虐得不行。但在同一天之内,有一段小视频流传出来,网友们却直呼好治愈。

梅无尽的那句"我怎么会亲别人呢",一时之间成为了情侣之间吵架拌嘴,打情骂俏的必备佳句。几度荣登热搜榜。

因为电影又悲又虐,结局还不圆满,观众们看得两眼泪光,纷纷想到现实的世界中来寻找安慰,看着白、梅两人时不时曝出来的亲密照片和有爱的小段子,感觉心里的伤口终于被慢慢地治愈了。

这同时也给白泽和梅无尽带来了新一波的关注。

魏琳也拍着胸脯说,他们会越来越红。

两个当事人反而越来越淡定了,白泽和梅无尽每天为不久之后的演唱会做准备,排练到很晚才睡。在这样累的情况下,汗水冲刷着年轻的面孔，他们更在乎的是以后的进步，而不是止步于现在的成功。

白泽有一次在休息的时候，鬼使神差地拿笔记本上网搜索了这部电影，看到自己和梅无尽的吻戏时，脸又开始发烫。

梅无尽正好从门口进来，他吓得飞快地合上电脑，魂不附体，一脸的慌张失措。

"你走路怎么没声音？"

梅无尽无辜："你是不是又偷偷看什么见不得人的东西了？"

"老子才没有！"白泽像一只被踩到尾巴的猫，只差跳起来咬人。

"干吗急着否认，就算是也没关系啊，我又不会笑话你。"

梅无尽的眸子里，含着极浅的笑，明媚的天光衬在他眼角，一抹斜飞，无端让人觉得耀目。

或许是因为一连许多天的高强度训练，身体承受不来，白泽光荣地生病了，没有任何征兆。

发烧，将近四十度。

按照梅无尽的说法，就差一点就成真的白痴了。

那晚白泽在别墅的练习室里跳舞，练到一半的时候，觉得头昏昏沉沉，不太舒服，实在支撑不下去，就早早地洗完澡睡觉了。也没有想到自己生病了这回事，还以为只是太累了，休息一晚就能好。

第二天梅无尽迟迟不见白泽起来，叫人也没反应，撞门冲进去，发现这家伙已经烧得没力气动了，全身发软，嘴巴里还在说胡话。

他无限担忧地问："我会不会死？"幼稚园小朋友才问的问题。

梅无尽说："不会，祸害遗千年，你没这么容易挂。"

白泽听见这毒舌刻薄的声音,却安心下来,放心地昏过去了。

白泽做了很多的梦,在混乱的梦境里,他看见了穿着医院病服的白继成。

白泽刚想跑过去,白继成却往后退了两步,忽然把距离拉得很远。熟悉的充满失望的声音从前方飘过来:

"小泽……"

"做明星有什么好的!你妈妈和我都希望你将来能继承我的事业,你就不能让我省点心吗?"

"唱歌不能当饭吃,你什么时候才能明白爸爸是为了你好!"

"你走了就别再回来!"

白泽的呼吸越来越急促,猛然睁开了眼睛。他被吓醒了。眼前是白色的天花板,白色墙壁,白色的床铺被褥。

竟然是在医院。

手背上插着针管,吊瓶里透明的液体已经快滴完了。

梅无尽从椅子上站起来,按下床铃,叫护士来换药,白泽这才注意到,病房里还有第二个人。

"还难受吗?"梅无尽问。

手指拨开白泽额前细软的头发,手背贴上来,试了试温度,像是自言自语地说:"烧好像退得差不多了。"

白泽还有些愣,脑子不太清明,过了会儿才说:"我没事,我们回去吧。"

医生嘱咐说要按时休息，就算再忙，每日三餐也不能落下，要按时吃东西补充营养。说的都是一些常识，问题不大。

拿了药，从医院出去，魏琳开着车在等他们，时间已经是晚上了。

白泽刚睡过不久，回到别墅后也不困，在梅无尽的监督下吃了药，躺在床上挺尸。想到梦里梦见的父亲，心里的愧疚怎么也挥之不去。他在床头坐了很久，脑子里一帧帧闪过的全是曾经一家人和睦相处的画面，遥远得让他感觉不太真实。

他有点难过，坐着不动，寂静得像一尊石雕。

仿佛变了一个人。

梅无尽的房间里听不见半点动静了，大概是怕吵着白泽，他今天晚上没有练琴。白泽以为梅无尽睡了，自己下楼去倒水喝，却发现那里亮着一排柔和的壁灯。

开放式的厨房，站在楼梯上，下面的景象一览无余。

梅无尽好像在煮面。锅里的水沸腾了，他正在把面条下锅。然后把砧板上的配菜有的切丝，有的切块，动作看上去很熟练。

白泽喝完水，安静地在餐桌前坐了会儿。等梅无尽端着一盘意面过来，他稍微伸了伸脖子，看了看。

"你要吃吗？"梅无尽问。

"嗯嗯。"白泽十分确定地点头。

梅无尽把盘子推到他面前："那你尝尝看好了。"

白泽大概是真的饿了，专心致志地吃面。

他精神不好，又因为刚生过病的缘故，脸庞没有血色，透出一点病态的苍白。颈脖修长，漂亮的锁骨突出，暖色的灯光如牛乳一般流淌在上面，莫名生出了一分迤逦。

他吃面时倾着身子，弓着背，背脊上的骨头在衣服下突显出消瘦的形状，比梅无尽想象中的还要单薄许多。

这和常年饮食不规律和作息时间混乱有很大的关系。

梅无尽在心里想了想以后每日三餐的菜单。要把这人慢慢养出肉来，恐怕没那么容易，估计会是个天长日久的活儿。

第九章
你是不是对我的女神心怀不轨？

SKY 的第一场演唱会如期在 C 城的市中心体育馆举行。

到场的观众比预计的还要多，几千人一起数着开场倒计时：

"六、五、四、三、二……"

"一！"

气氛瞬间就被点燃了。

他们一起大声喊着 SKY，仿佛心里一个深深的执念，用热情浇灌，在这一刻终于开出花来。

演唱的第一首歌依旧是《白云无尽》，紧接着是《风声日影》《盛夏》《琥珀》，还有《与你共流光》等在内的几首歌。

白泽的声音原本就吸引人，有了梅无尽默契的配合，每一首唱下来都酣畅淋漓。

台下轰然欢呼，掌声如涨潮时的波涛，此起彼伏，连绵不断。中间唱到《迷途》时，节奏缓慢下来。那首歌讲述的是一个民国时期的爱情故事，宣传时，就在网上流传开了。

为了应景，舞台效果很逼真，迷雾不断涌出，如同硝烟弥漫。白泽和梅无尽身上的衣服换成了军统制服，惹来无数的尖叫。

熟悉的歌喉，凄寂绯艳，好像穿透战火而来。

快的，慢的。抒情的，摇滚的。在这一晚的演唱会上都有呈现，唱到最后，钢琴声狠狠地砸下来，白泽倏然躺倒在了地上。迷惑的眼，望着灯光熄灭的黑色上空，汗水浸湿乌鸦似的发，和轻薄的白色衬衫。他无声地咧着嘴笑，话筒里只有他喘着粗气的声音。

现场忽而安静，犹如午夜退潮后的寂静海岸。

脚步声响，是梅无尽走上前去。

他在白泽面前俯身，蹲下来，伸手，把人半抱半拖着拉起来，仿佛在给予他力量。

顿时音乐又起，从四面八方涌来，气氛达到了最嗨的高潮。

这场演唱会引发了空前的盛况，就算结束以后，很多粉丝也久久不愿意离开。

他们其中很多人，一开始关注SKY，确实是因为白梅CP的绯闻。但这一晚，他们听到这样震撼人心的歌声，亲眼看到那样光彩夺目的偶像，内心被深深地折服。

有不少粉丝发出的"请认真聆听他们的歌声，你一定会被他们所感动"微博，被疯狂地转发和点赞。

而白泽和梅无尽在后台不得不易装，走秘密通道离开现场。魏琳安排了一辆新车，把车钥匙扔给梅无尽，让他带着白泽先走，自己去前方打掩护。

"你是不是很累了？还能开车吗？可别疲劳驾驶，我还得留着一条小命呢……"白泽担心梅无尽，但他关心人的方式总是这样欠抽。

梅无尽往下拉了拉白泽的帽子，他清瘦的脸被遮住了大半，再戴上墨镜，就真看不出什么来了。

"你哪来这么多废话，跟着我。"

说着揽过人就走，白泽想要挣开，被冷冷清清地骂了一句："不许耍脾气。"

"哼！"

为了避免让人认出来，白泽决定顾全大局，先撤退了再说，以后再找梅无尽算账。

车子一路行驶平稳，白泽在副驾驶座上都快要睡着了，突然急刹车，往前一倾，安全气囊顿时弹出来，砸在了脑门上。

"靠，梅无尽你搞什么鬼！"

但这次还真不是梅无尽的错，前方转角处的那辆粉红色轿车是突然蹭过来的，没有任何征兆，飞来横祸。梅无尽只能理解成对方司机突然脑残了。

两辆车相互之间都有刮伤。粉红轿车的主人立即下车，过来敲了敲梅无尽的车窗。

穿着紫色裹胸小礼服像是要去赴宴的女生，傲慢得像只孔雀，却在车窗放下来，看见梅无尽那张脸之后，无比诧异，霎时阴天转晴，笑得春光烂漫地说："梅无尽，我是你的粉丝哎……"

更加惊讶的是完全被忽视的白泽，他摘了墨镜，摘了帽子，愣愣地问："小榆？"

沈欢榆的视线终于落到他身上，撩了下头发之后笑了："小泽也在啊，我差点忘了，你们是同一个组合。"

梅无尽抿着薄唇，没有出声，脸上淡漠，隐约透着不悦。

白泽听了这话，也眉头皱起。

白继成和沈世清走得近，做过一段时间的邻居。两家的孩子，也就是白泽和沈欢榆，也算得上青梅竹马，两小无猜。

小时候白泽暗恋沈欢榆，但是不敢说出来。他那会儿被养得白白胖胖，像个圆圆的糯米团子，非常可爱，但却不是小女生会喜欢的类型。

大多时候，小白泽看着沈欢榆和其他漂亮的孩子玩在一起，内心里有些自卑，不敢上前去，只有远远看着她的份。

后来沈家搬走了，又听沈世清那里听说沈欢榆出国留学了，时间一长，白泽也就渐渐忘了这回事。

如今曾经暗恋过的对象重新出现在他眼前，叫他怎么不激动。

但好像——

沈欢榆是梅无尽的铁杆粉丝，和自己并没有多大的关系。

梅无尽给沈欢榆签了名，就把人打发走了。车子蹭破的地方，说好了各自负责,谁也别找谁麻烦。梅无尽看白泽还望着车窗外面沈欢榆的背影,一时收不回视线,"嗖"地合上了玻璃。

"有什么好看的。"似乎是不经意地随口一说。

白泽心酸又恼火,没好气地说:"你懂什么,小榆可是我小时候的女神!"

梅无尽皱了下眉,猛地踩下油门,车子突然飞速地冲出去。白泽因为惯性往后一仰,成功地撞到了后脑勺。

"梅无尽,你好好的发什么疯!"白泽揉着脑袋,咬牙切齿。

梅无尽置若罔闻,面无表情,自行切换到飙车模式。

白泽贴在椅背上,手背青筋暴起地牢牢抓着安全带,紧张地盯着前方宽阔的马路,哆哆嗦嗦地说:"喂喂喂……你慢点啊……"

两人一路有惊无险地回到了小芙山别墅。

梅无尽本以为沈欢榆的事情到此为止,不会再碰面,但是他显然低估了所谓脑残粉的决心和战斗力。

之后听魏琳无意中提了一句,隔壁不远处的别墅好像有新主人入住了。当时但是梅无尽和白泽谁都没有在意。等到沈欢榆打电话联系白泽时,两人才知道自己的邻居究竟是谁。

"小泽,我晚上做了饭,你要不要过来吃?"沈欢榆问。

"好啊!"白泽兴高采烈。

"记得把梅无尽也叫过来哈。"沈欢榆说。

"好吧。"白泽灰心失落。

"那个,小泽啊,能不能把梅无尽的手机号码给我呢?"

白泽犹豫了，问道："你是怎么知道我的手机号码的？"

沈欢榆说："我爸爸告诉我的啊，说之前在 L 市见了你一面，说让我有时间记得给你打电话问好。"

"哦，原来是这样。"

白泽情绪更低落了。又自作多情了一场。

"所以，小泽，快点把梅无尽的手机号码告诉我啦。你放心，我不会向别人泄露的！"沈欢榆在电话那头信誓旦旦地保证道。

白泽禁不住心仪女神的软磨硬泡，没多久就缴械投降，报了一个号码："136……"

白泽在一楼的健身房里找到了梅无尽。他坐在横杆上晃着腿，羡慕地看着梅无尽流畅的背部肌肉线条，心里诽谤，嘴上却不甘愿地转述着沈欢榆的话。

"她说让我们晚上过去吃饭……"

"没空。"

"你连吃饭的时间都没有了？"

"我要吃自己会做，不会没空跑别人家里去蹭饭。"

"可是我都答应她了哎！"白泽没好气地说，忍不住嘟囔，"你不去的话，我会很没面子哎……"

梅无尽不为所动。

"她好歹是我青梅竹马啊，我不好第一次就放人家鸽子吧？"白泽沟通不成，开始要赖，"我不管，梅无尽，你一定得跟我一起过去！"

再加上一句丝毫没有威慑力的话："不然我就绝食哦。"

"饿死你活该！"

"天哪，你的良心喂狗了吗？你就这么巴不得我死是不是？你这个负心汉！"

梅无尽无语地拿过单杠上的毛巾，他擦了擦脖子上的汗，走去浴室冲澡，声音听不出情绪："你也就知道冲我横，狗脾气。"

白泽在他背后竖了跟中指，大声道："那我就当你答应啦！"

沈欢榆的厨艺确实很不错。她是沈世清的掌上明珠，沈家的千金小姐，但并非十指不沾阳春水。她的厨艺是沈世清亲自教的，在国外读大学时选修过西餐和酒店管理，要准备三个人的晚餐自然不在话下。

美味佳肴摆在桌上，只是气氛却不怎么热络。

白泽和梅无尽坐在一边，沈欢榆在对面的位置上，虽然一直想找个轻松的话题聊起来，但梅无尽从进门起，就冷着一张脸，摆明了一副生人勿近的姿态。

白泽见不得女神受委屈，趁着沈欢榆去洗手的那会儿，冲梅无尽耳语："你就不能配合点吗？魏琳姐说了，对待粉丝要热情，你这样容易让女孩子伤心，以后就不会有人喜欢你了。"

梅无尽凉飕飕地看了他一眼。

兴许真是白泽的提议见效了，等沈欢榆再回来时，梅无尽把自己切好的小牛排递给了她。

沈欢榆简直受宠若惊，赶忙双手接过来说："谢谢。"就差感恩戴德了。

白泽则眼珠子都快要瞪出来了，心里又开始不平衡，暗暗诽谤，梅无尽这家伙，先前还一副高冷样儿，现在又装什么绅士！

好像梅无尽怎么做，都是错的，自己都不能够满意。

这顿饭白泽吃得万分纠结，从头到尾食欲不振，看着梅无尽和沈欢榆相互夹菜，眉来眼去，当然后面四个字纯属白泽脑补。

"小榆，你什么时候回国的呀？"白泽努力刷存在感。

"有一阵子了。"沈欢榆说，"之前在家待了几天，有几个C城的朋友叫我过来玩，我就来咯，反正我暂时也还不想工作。"

"沈伯伯不会催你去公司帮他吗？"

他们两人寒暄，梅无尽丝毫不受影响。他喝了口汤，坦然自若。

"我才不管！"沈欢榆任性时和白泽有得一拼，吐着舌头俏皮地笑了笑，满不在乎地说，"我还没玩够哎！"

"那你会在C城待多久？"白泽问。

沈欢榆偷偷看梅无尽，说："还不知道，先在这里住着再说，我和你们当邻居不好吗？还能相互照应呀……"

她想方设法打听到梅无尽的住处，又央求着爸爸沈世清给她买下这栋临近的别墅，花费了不少心思。

"当邻居好啊，以后我常来你这儿蹭饭吃。"白泽表示热烈欢迎。

白泽想和沈欢榆聊一些梅无尽插不上来的话题，比如："小榆，你还记得以前幼稚园小班的那个钟老师吗，我有一次在电视的一档相亲节目上看见她了哈哈哈……"

沈欢榆笑着说："你确定你没有认错人？"

"确定啊，屏幕上还显示了她详细的个人资料，就是小时候教我们的那个没错。"

"那她有没有相亲成功？"

"没呢，她看上了一个男嘉宾，结果人家好像中意现场的另一号女嘉宾，所以没能牵手成功。但是她放话说了，还会报名参加再回来的。"

白泽手舞足蹈，说个不停："你还记不记得钟老师长什么样子啊？不知道是不是化了妆，感觉比以前还漂亮了……我们以前老觉得她眉心那里的美人痣是自己画上去的，有人还想过要趁老师睡午觉的时候帮她偷偷擦掉……"

沈欢榆看向梅无尽，问："那男神你呢？你小时候是在哪里度过的？"沈欢榆和梅无尽聊了几句之后，很自然地把对他的称呼直接改为"男神"。

作为一名脑残粉，当然要适时地扒一扒偶像的成长史，尽量获取多的信息，不然就算失职。

百度上的个人资料上，一笔带过，说梅无尽是L市人。在座的三个人都来同一个城市，这倒是一个很意外的巧合。

"L市的桉阳。"梅无尽说。

桉阳？

白泽觉得这个地名似乎听起来有点耳熟。他心里还在为沈欢榆对梅无尽的称呼耿耿于怀，自己的女神，却把梅无尽视为男神，简直心碎了一地，白泽内心抓狂。

桉阳的地名也只是在脑海中一闪而过。

一顿饭吃下来,沈欢榆仍旧围着梅无尽打转,而白泽憋屈的时候居多。

出来时天已经黑了,樱花道两旁亮起了昏黄的地灯,朦胧地照见脚下的路。沈欢榆本来要送,被梅无尽制止了:"你进去吧,等会儿你一个人走回来不安全。一个人在家记得要锁好门。"

沈欢榆羞涩地点点头。

白泽暗暗在梅无尽的腰上掐了一把。

沈欢榆目送两人拐了个弯走出视线之后,就进了屋,不知道那边的白泽和梅无尽又吵起来了。

"梅无尽,你老实交代,干吗对我女神献殷勤?"白泽阴阳怪气的。

梅无尽分明方才和沈欢榆相处得不错,心情却也不太好,和白泽错身走开,自己走自己的路。

白泽继续绕到他身边喋喋不休:"快说,你有什么目的!"

"不是你让我亲近她,对她态度好点的吗?"

"哼,你哪有这么听话,我说什么你就会照做吗?"

白泽气不打一处来,一想到沈欢榆围着梅无尽打转,自己完全被忽视的画面,看着梅无尽的眼睛里直冒火花:"你是不是对我女神心怀不轨?你看上她了?喜欢上她了?想和她在一起是不是!"

梅无尽步子停下来,一字一句地说:"这是你自己心里的想法吧。"

白泽被一语道中心思,恼羞成怒,涨红了脸瞪着梅无尽。

他原本就喜欢无理取闹,和梅无尽相处惯了之后就更加肆无忌惮,任性的时候居多,这时说出的话不假思索,像暴雨一样劈头盖脸地砸下来:"我就是喜欢她怎么了!我从小就喜欢她!"

梅无尽唇角斜勾,冷冷地笑了一下。

迷离的路灯下,樱花如晚风吹雪般飘落,他一身黑衣站在画面里,人如冷玉,没有温度,毫无表情的脸上,那一抹似笑非笑,格外刺眼。

白泽被他看得一怔,心里发颤,想要故作镇定地狠狠瞪回去。

"别以为小榆现在喜欢你,我就输给你了,梅无尽我告诉你……"

白泽的话没有说完,面前的梅无尽却已经失去了耐心,径直从他面前走过,彻彻底底地漠视。好像这场闹剧演到一半,梅无尽没兴趣再陪着白泽一道闹下去。

白泽心里狠狠地震了一下。

"梅无尽……"

他愣了几秒才转身,想要把人喊住,但是那个修长挺拔的黑色身影却连一丝犹豫和停顿的意思也没有。

白泽所有的怒气和愤懑,突然在心里消失殆尽,只剩下一种淡淡的失落和怅然若失。

两个人对峙时,谁也没有注意到幢幢的樱花树影后有一个镜头瞄准了他们。等两人走了之后,陶佩佩拿着相机,想着刚刚白、梅两人的争执,虽然不明白前因后果,但已经开始为梅无尽抱不平。

很明显是白泽在无理取闹嘛。陶佩佩作为梅无尽的"唯饭",自然而然地产生了这样护短的想法。

第十章
这几天你都不跟我说话的！

"白、梅深夜起争持，疑似不和。"

蜀山论坛上，一篇以此命名的稿子被放了上来。

其中的配图是白泽与梅无尽站在夜幕下的樱花道上，犹如梦境般美轮美奂，赏心悦目。但倘若细看，就会发现两位主人公的神情却不那么美好。

他们明显是在吵架。

其中有一张照片，是梅无尽转身离开前那一瞬的抓拍。他嘴角微挑，笑容里有道不出的晦涩情绪。又兴许是灯光扑朔迷蒙，细长的眼尾隐藏一丝洇红，樱花纷纷落下，轻红委地，不及他的惊鸿一瞥。

那样子，秒杀屏幕前的众人，让路人粉死忠粉各种粉纷纷大呼心疼。

连白泽刷屏的时候，看见那张图，心里都质疑了一下自己，那晚真的很过分啊，好像对梅无尽说了很多不该说的重话，沈欢榆喜欢他，也不是他的错啊。

自己不应该那样伤人心的。

想完白泽又摇头晃脑，不行不行，老子什么时候也被洗脑了！千万不能被梅无尽这家伙的表象所迷惑！

魏琳帮白泽和梅无尽接了一部仙侠题材的电视剧《佛如劫》，这几天白泽躲在小芙山的别墅里琢磨剧本，闲暇时去网站上逛一逛，到处都是在拿他和梅无尽说事。

白泽郁闷不已。

让他更加郁闷的是，自从那晚在沈欢榆别墅出来之后，梅无尽就开始冷冻他了。

白泽和梅无尽在《佛如劫》中扮演一对同门师兄弟，戏份不多，台词也少，但却是两个十分有个性的容易让观众记住的角色。

魏琳当时考虑到白泽和梅无尽的专辑制作，还有其他工作，接这部戏正好。既可以打响人气，造势宣传，也不需要太多的时间，白泽和梅无尽现在最主要的身份还是歌手，他们重心需要放在音乐这一块上。

白泽还需要费比较长的时间看剧本，花心思揣摩人物心理。梅无尽却胸有成竹，高效率地翻阅了剧本，就放在了一边。离剧组开机还有一段时间，梅无尽另外接了一支当红女星的MV，扮演里面的男主角。他连着两天早出晚归，也不知道看没看见网络上那些评论。

白泽遭遇了梅无尽给他带来的冰川世纪。

冰箱里的零食不会再自动填充,吃完就没了;晚饭没有香甜浓郁的栗子鸡汤,只能叫魏琳帮忙定外卖;一个人在录音室里唱歌,旁边没有人能一语中的,精确地指出他哪里需要改进,偶尔眉眼笑一下,流露出赞赏的神色……

连沈欢榆请客吃饭,白泽也提不起兴趣,委婉地拒绝了。

不知不觉中,梅无尽对白泽的影响已经这么大了。

梅无尽清晨出门,被小助理接去MV的拍摄地点,和白泽碰不上面,直接避免了交流的可能。白泽只能晚上坐在沙发上逮人。虽然他自己也不知道把人逮住了,要说些什么。

但总归,逮住了再说。

梅无尽因为要拍晚景,等到收工回小芙山时,已经过了午夜十二点。

进屋后,他看见四仰八叉地躺在沙发上,衣服掀开了,露着一小截白肚皮的人,不禁一怔。

梅无尽反手关上门,解开了两颗衬衫的领扣,换上家居鞋绕过沙发,往二楼走,准备先去浴室冲个澡。才抬脚上楼梯,背后传来一声梦魇时的嘟囔。

回头就见白泽翻了个身,像只猴子一样高难度挂在沙发边沿,几乎半边身体悬空,马上就要掉下去。剧本摊开了,压在一只胳膊下面,被踩躏得皱巴巴的,上面还有很多红笔标记的段落和注释,可见白泽这两天在家也是用心做了功课的。

梅无尽迈出去的脚又收回来，走过去。

他弯腰把人抱起来，大发慈悲，准备直接送到二楼的卧室去，不然这家伙估计得缩在沙发上睡一晚。

怀里的人却突然睁开了眼睛。

白泽看着梅无尽贴近放大的一张脸，顿时脑回路堵塞，下意识地猛地一挣，从他怀里跳了下来，差点没站稳。

梅无尽双手伸在空气中，还是环抱的姿势，僵硬着，慢慢才收回来。

白泽这才脑袋清醒过来，睡意都被赶跑，看着梅无尽的动作觉得气氛有点尴尬，连忙解释说："那个……我、我在等你回来，不小心在沙发上睡着了……"

说完好像更加不对劲了吧？

"不不不……我没等你，我就是在背台词，台词太多了，然后就睡着了……"

"行了。"梅无尽打断他，揉了把他睡得蓬松的鸡窝头。

梅无尽脸色疲惫苍白，五官却都缓和下来："白痴，连撒个谎都不会。"漏洞百出。

白泽不服。

梅无尽视线落在剧本上，问："后天就要进剧组了，准备得怎么样？"

白泽注意力立刻被转移，信心十足地拍胸脯保证说："没有问题！绝对不会给你丢人的！"

梅无尽说:"那就好。行了,早点回房间睡觉吧,已经很晚了。"

"不对呀,"白泽拉住梅无尽,懵懵懂懂地问,"你现在怎么跟我说话了?你不是不理我吗?"

梅无尽靠着椅背说:"我什么时候不理你了?"

"这几天!"白泽控诉,"这几天你都不跟我说话的!"

梅无尽掩饰性地摸了摸鼻子,有点无辜地说:"有吗?"

白泽肯定地大声说:"有!绝对有!你对我实行冷暴力,一点都不懂团结友爱,咱们是一个组合哎,你还不给我买零食了!"

说到后面这点,白泽尤其气愤。不搭理他也就算了,冷暴力他也忍了,怎么能断人口粮呢,这种做法简直太不人道了!

梅无尽觉得好笑:"你自己就不能去一趟超市?"

白泽理直气壮地说:"以前都是你买的,你都买习惯了,我也吃习惯了,凭什么你说罢工就罢工?"

"那我明天收工记得买点回来。"

"好的!"

还真容易哄啊。

"要榛仁巧克力和鸡蛋布丁吗?"梅无尽问。他知道的,白泽对这两样甜食十分中意。

"要!"

"到时候不能吃太多,魏琳发现了要没收的。"

"放心,我是吃多了不长胖体质。"

"但也要注意,吃多了零食你不会按时吃饭。"

"嗯！我会注意的！"

白泽重重点头。

如果他身后有尾巴，这会儿估计已经摇起来了。

两人因为沈欢榆吵架那事，也总算揭过去。

第二天，梅无尽的MV只差最后一个场景收尾。

蓝天上白云点缀，午时的阳光洒在灰白斑驳的墙垣，废旧的戏台两旁粘着褪色的楹联。曾经的雕梁画栋，如今蒙上了厚重的灰尘，渐渐被世人遗忘。

戴着棒球帽，背着旅行包的少年站在台下，环视眼前的一切。

镜头摇移，木雕云纹的窗棂，四角翘伸的飞檐，红漆剥落的圆柱，灰色的瓦片缝隙漏下一线一线狭长的天光。

在MV的设定里，他是从上个世纪穿越过来的少年，他的恋人却被留在过去的那个时空里。

他如今站在空旷的戏台上，另外一个平行的时空里，恋人红袖轻挽，正在台上唱："我明日透骨髓相思病缠，怎当她临去秋波那一转，我便是铁石人，也意惹情牵。"

这一段不难演，其余都靠后期剪辑，营造出意境来。

圆满完工后，来接梅无尽的是魏琳，她问："你今天有没有上网？"

梅无尽不解地说："发生什么事了？"他今天从早上到现在还没休息过，自然也没时间上网。

魏琳直接拿出平板，屏幕上出现的是贴吧里，一个名为"今日风光好，我们来扒一扒白泽做过的那些事"的帖子。

梅无尽迅速地往下浏览，里面是白底黑字，还有一些特殊的地方，被用醒目的红色字体加粗标记。

里面是有关SKY组合组建之前和出道以后的很多事情，并且还都作出了详细的分析。

比如白泽只有两年练习生的生涯，却凭借和梅无尽炒作CP大火，受到关注之后，获得了出道资格。比如《白云无尽》的单曲，由梅无尽一人制作完成，却在作曲人的那一栏上标出了两人的名字，明显是白泽要借梅无尽积攒人气。再比如拍摄微电影《浮光》时，白泽现场被导演NG多次，演技根本不过关，却获得了出演的机会，让那么多有才华却不得以施展的人情何以堪。

还有……

这个帖子一共有好几页长，大都是说白泽捆绑梅无尽，利用他出名造势。

白泽其实冤枉。

他和梅无尽的CP炒作纯属EME公司的安排，他之前还拒绝过。还有《白云无尽》的作曲，原本是梅无尽独立完成没错，但是后来录音之前白泽对SOLO进行了一定的修改，完善了曲子，梅无尽就擅自把他的名字加上去了。再有拍摄微电影被骂演技差，那些言论纯属断章取义，当时导演明明还夸过他进步快。

那篇帖子之后的评论更热闹，白泽粉和梅无尽的粉丝口舌大战，分分秒秒在刷屏，简直要把整座楼掀翻。

白泽粉说："小泽靠的都是自己的实力，根本不用借助谁上位。他一开口，就是天籁之音，分分钟被折服好嘛。"

　　梅无尽的粉丝说："不管怎样，白泽借助我家男神的名气来宣传自己这是事实，要不是梅无尽，哪里会有现在的白泽！"

　　白泽粉说："你们的狗眼瞎了吗！小泽的付出你们一点都看不到吗！他自己一直很努力啊，就算他单独出道，也会有很好的发展的！"

　　梅无尽的粉丝说："有眼睛的人都能看出来，白泽到底有多任性！处处都是梅无尽在照顾他！"

　　白泽粉说："哥哥照顾弟弟是应该的好不好！楼上用得着这样上纲上线吗！梅无尽能够有机会照顾我们小泽，不知道是几辈子修来的福分……"

　　梅无尽的粉丝说："哟，还福分呢，我看是踩狗屎了吧！"

　　梅无尽看着这些越吵越激烈的言论，揉了揉额头，问魏琳："你去找过阿泽了？"

　　魏琳说："我从他那边过来的，当时小泽抱着电脑在刷屏，气得脸都青了。还跟我说要申请无数个小号给人骂回去，真是跟小孩子似的……"

　　梅无尽无奈，说："他就那样儿。"

　　"呵！"魏琳笑了，"我不知怎么从你这语气里听出点颇为宠溺的味道，果然就像很多粉丝们说的一样，你对小泽照顾有加嘛。"

　　梅无尽淡淡看了她一眼，说："开车回去了，先去超市买零食。"

　　魏琳脸上的笑容更加夸张，暧昧不明地说："你们俩这简直是投喂的节奏嘛。小泽现在真是被你牢牢地牵在手上……"

梅无尽神情不变，眼中却闪过一丝危险，说："出了这样的事情，你不去想一想解决办法，反而在这里八卦，我不得不考虑是否还换一个经纪人了。"

魏琳立即老实，说："我马上开车。"

她做了一个胶布封嘴的大幅度动作，然后又忍不住，正经地提醒："待会儿回去，你让着小泽一点，他看到网上的事肯定心情不好。他要是心情不好，说出来的话就不经大脑思考，你别跟他计较。"

梅无尽说："我知道。"

魏琳说："前几天你们俩就吵架了吧？他顶着两个黑眼圈跟我说你不理他了的时候，那小模样简直要哭出来了……我也算是看明白了，明着好像是他处处指使你做这做那，实际上是你欺负他，你才是那个吃人不吐骨头的……"

乌黑的眼眸内如有星辰闪烁，梅无尽的眼睛明亮璀璨，漫不经心地看了魏琳一眼，说："怎么，你有意见？"

魏琳捂着一颗怦怦乱跳的小心脏，赶紧扭过头去，把车子发动。

—白梅 CP 小剧场—

一条智慧线引发的……

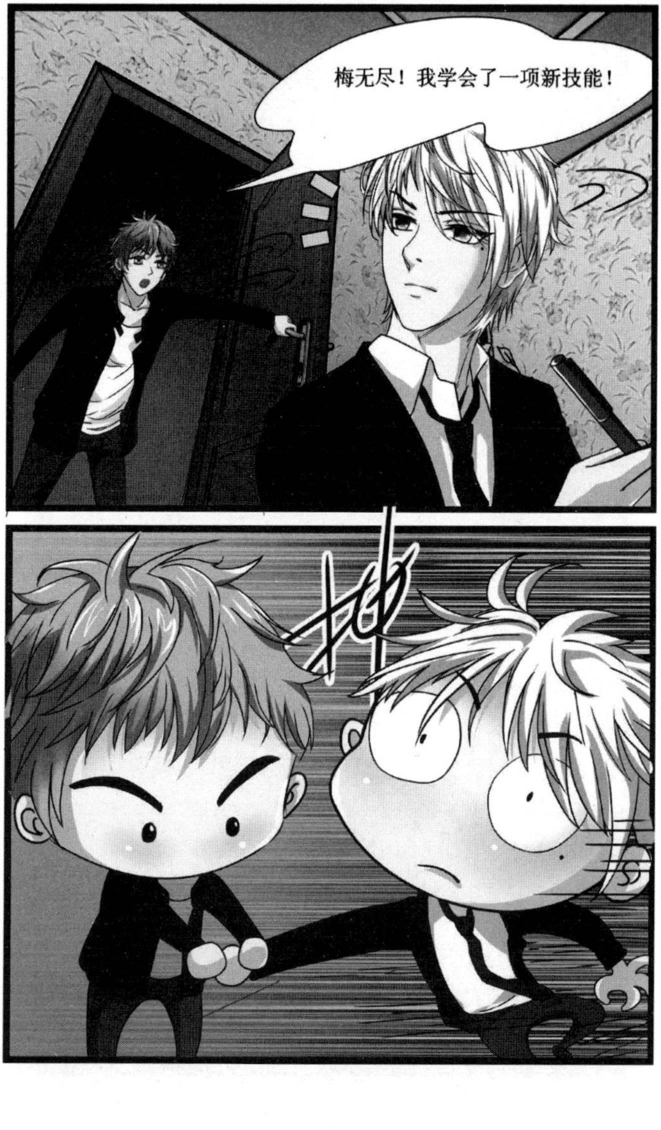

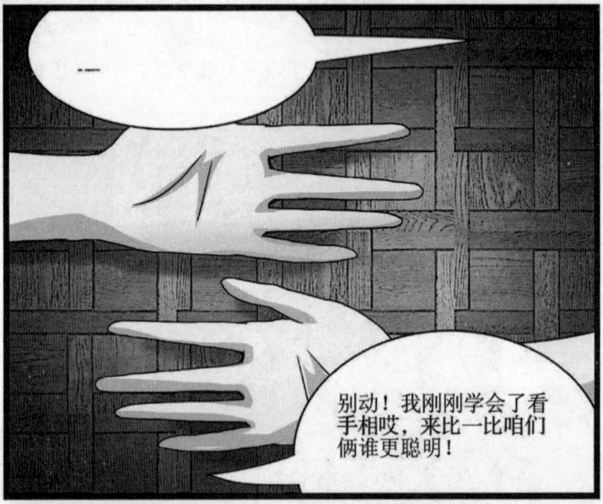
……
别动！我刚刚学会了看手相哎，来比一比咱们俩谁更聪明！

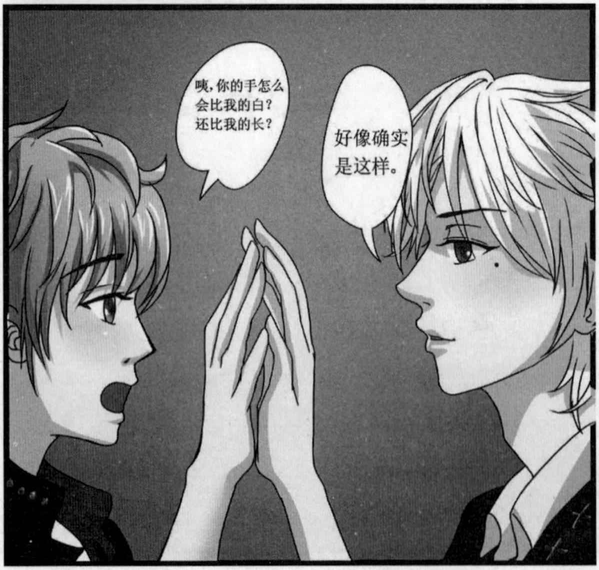
咦，你的手怎么会比我的白？还比我的长？
好像确实是这样。

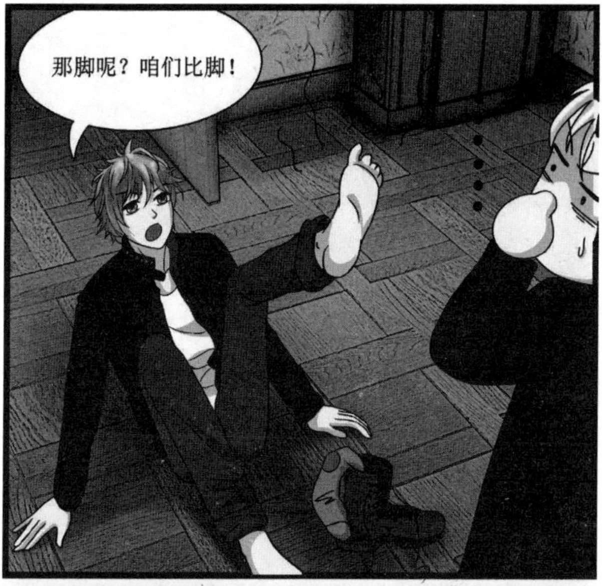
那脚呢？咱们比脚！
……

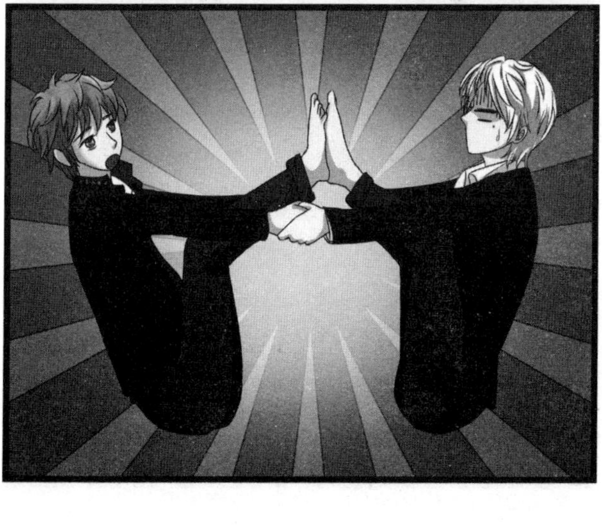

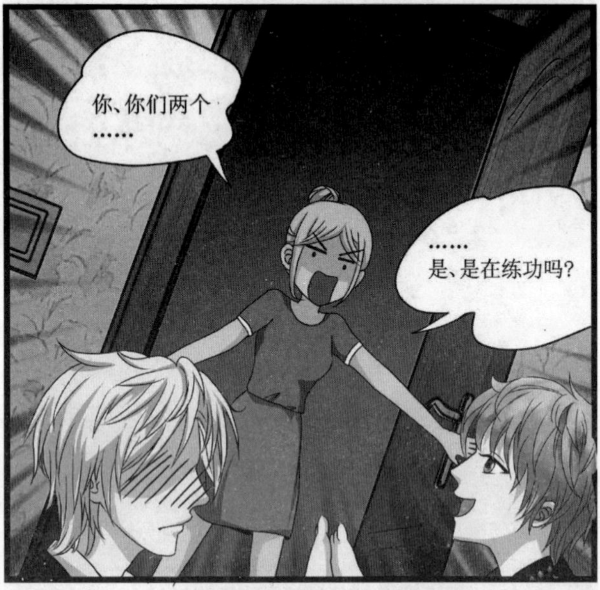
你、你们两个
……
……
是、是在练功吗?

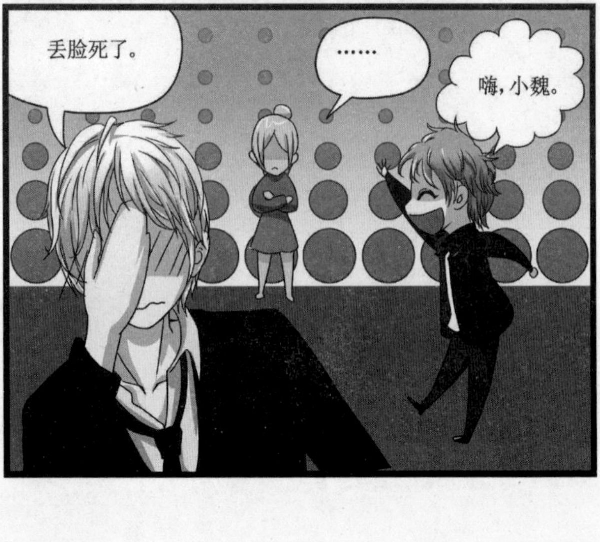
丢脸死了。
……
嗨,小魏。

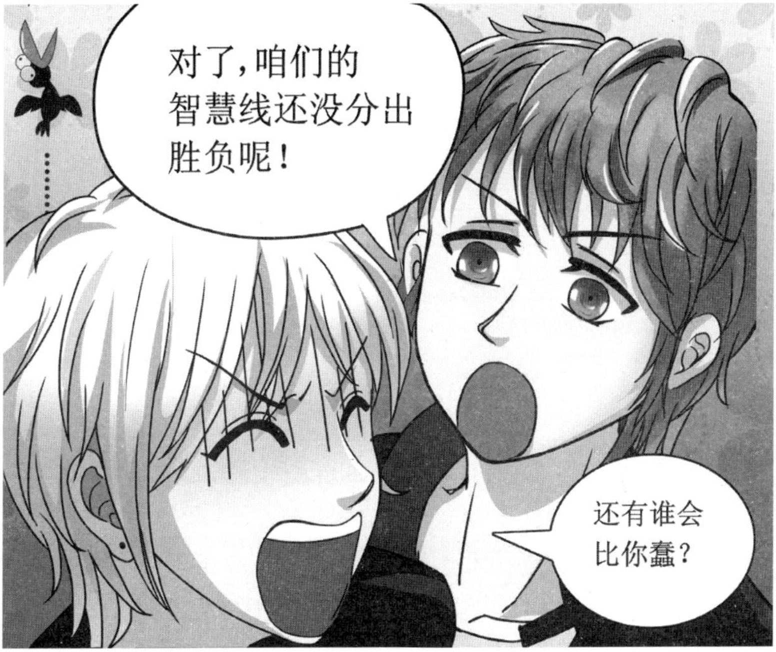
对了，咱们的
智慧线还没分出
胜负呢！
还有谁会
比你蠢？

BAIYUN
WUJIN
———— 第十一章 ————
小师弟放心，大师兄会好
好照顾你的。

一天之后，按照原定的计划，白泽和梅无尽一起进入《佛如劫》剧组。

现在白泽除了每天拍戏和晚上回别墅练歌之外，还有一件必须要做的事情，就是上网刷帖。每次看到那些说他倒贴梅无尽的言论，他就火冒三丈，偏偏除了踢两下桌子之外，无处可发泄。着急上火，嘴里起了两个泡。

公司一直对这件事抱着观望的态度，暂时没有采取任何的措施。

魏琳传达了廖洪川的意思，大致意思是说，这件事对 SKY 组合没有大的不良影响，白、梅两边的粉丝势均力敌，反而能够把他们越吵越热。娱乐圈瞬息万变，新闻层出不穷，别人费尽心思想炒作，都达不到这样好的效果。

于是，就置之不理了。

每天只有白泽一个人郁闷得不行，抓着头发暴躁得像头小狮子。

梅无尽实在看不下去了，写了一段和弦之后，去厨房把熬好的绿豆粥端过来给白泽："降火的，赶紧喝了。"

白泽一头撞到梅无尽胳膊上诉苦："我都烦死了！"

梅无尽拿过他怀里的笔记本电脑，搁在自己膝上，依次看了看打开的每个网页，有的言论确实过分。

梅无尽说："要不，我去发条微博，说其实是我在蹭你的人气，捆绑你消费？"

白泽瞪大猫眼，骂道："梅无尽你神经病吧！"

梅无尽却反倒笑了起来。

他真正开怀笑的时候，犹如细腻工笔画描绘出的凤眼弯起，眼尾微微上挑，夜空中的新月一般，眸似银河，如有流星倏尔掠过，轻而易举蛊惑人心。

白泽很少见梅无尽这样笑，一时看着有点呆。

"快点把粥喝了，我还要洗碗。"梅无尽催促说。

白泽愣愣地说："哦……哦……"

他端起碗，那勺子搅了两下，然后就着碗沿往直接往嘴里到，嚼几下，再咕噜咕噜地大声咽下去，独特的豪迈式喝粥法。

梅无尽说："明天有一场凌晨的戏，需要在黎明的时候拍，要早点起床，到时候我来叫你。"

白泽点头说:"哦。"

第二天天还没亮,魏琳就赶过来按门铃了,她主要是担心白泽耍小孩子脾气,赖着不肯起床。

结果来开门的就是穿着睡衣一脸懵懂的白泽,显然还没睡醒。

魏琳惊讶地问:"今天这么自觉呀?竟然自己爬起来了。"

白泽挠挠头,步子不稳地去洗漱,一边懒懒地说:"梅无尽叫我起床的。"

魏琳又开玩笑地问:"他叫你起,你就起啊?怎么这么听话?"

白泽这时整个人还在昏睡状态,大脑神经还没有开始工作,智商也没上线,人家问什么,他就老老实实回答:"我当然听他的话啊。"

他的语气充满了困惑,幼稚园小朋友向老师请教问题一样,一脸的迷糊与呆萌。他问魏琳:"不听他的,那我听谁的?"

梅无尽在厨房煮牛奶,听见这话,就探出头嘱咐白泽:"别跟她瞎扯了,快去刷牙洗脸,然后来吃早餐。"

白泽点点头就上楼了。

魏琳直呼可爱,惊叹道:"我的小心脏快要受不了了,白小兽突然变成了小白兔一样软萌软萌的啊,这可让人怎么受得了,好想扑倒啊——"

梅无尽的视线不冷不热地扫过来。

魏琳美好的想法霎时消散,对梅无尽讨好地笑道:"没,我就是开个玩笑,白小兽是你的,都是你的。"

"吃了早餐没有？"梅无尽突然问。

魏琳受宠若惊，连忙说："没有，这么早起来哪里还有空去买个早餐，我从家里直接赶来这边的。"

梅无尽说："那过来一起吃吧。"

"看不出你这么……呃，"魏琳顿了一下，斟酌地勉强挤出一个词，"这么居家呀……这个时间点，还能赶时间煮个牛奶，真会过日子……"

梅无尽说："你可以闭嘴了。"

魏琳："……"

连着去了几天剧组，拍了几场戏，白泽已经渐渐掌握了剧中人物的特点。

他演的是昆仑门派最小的弟子，天生纨绔，不思上进，在武学上碌碌无为，每天在昆仑山上混吃等死。前身实则是战神离崇的一柄利剑，在地狱中炼成，拥有毁天灭地的能力，只是被封印了起来。

梅无尽饰演的大师兄是整个昆仑派唯一知晓白泽前世今生的那个人。他为了保护白泽，不得不冷着一张脸跟在白泽屁股后面收拾烂摊子。

跟白泽和梅无尽在现实生活中的相处状态颇为相似。

所以当时魏琳就觉得两个角色正好适合他们，没有多犹豫就帮他们接了。

这天演的，是小师弟在昆仑雪域设陷阱捉凤雏鸡的一个片段。剧本中的凤雏鸡，在现实中只能用普通的家禽代替，再通过后期处理即可。

剧情是小师弟抓鸡，一路追到了师兄们正在上早课的云霄殿，把殿中闹得一团糟，可谓是真正的鸡飞狗跳。

随后凤雏鸡跳到了大师兄的墨砚上，墨汁溅满了大师兄的一身白衣。大师兄淡定地抓住了两只鸡翅膀，一挥云袖，把鸡连同胡作非为的小师弟，一块扔出了殿门外。

这本来是个很简单的剧情，难度也不大，主要表现出混乱又欢乐的场景就够了。

但是对于梅无尽来说却是个大问题。

他在熟悉剧本时，看到这一段，就皱了眉。他有洁癖，并且极度厌恶鸡这种生物，让他伸手捉鸡，简直是要他的半条命。

但是剧本就是如此发展，如果找替身演员来替他抓一只鸡，这传出去也不太好听，便只能硬着头皮上。

白泽知道梅无尽这一关难过，有了点幸灾乐祸的意思，开拍之前特地语重心长地交代梅无尽："大师兄，待会儿好好地感受鸡毛的温度呀。"

梅无尽一僵，装作无比镇定，上妆之后，脸庞更像工匠大师精心打磨出的完美雕像。他孤高又冷傲地低头，凑近白泽耳边说："小师弟放心，大师兄会好好照顾你的。"

白泽心里冷哼，你就死鸭子嘴硬吧！我等着看好戏！

好不容易看梅无尽出一次糗，白泽雀跃，把调皮捣蛋的小师弟演得十分到位。等他看到梅无尽克服心理障碍伸手抓住鸡翅膀的时候，抱着肚子差点笑得在地上打滚。

白泽从来没想过梅无尽的冷漠面瘫脸上，能够出现如此复杂且高难度的表情。

　　怎么说呢，极度的——扭曲。

　　于是这一条被毫无意外地被"cut"了，只得重新再来一遍。

　　也许是因为梅无尽用力太大，被抓住翅膀的鸡，挣扎得很厉害，一时间鸡毛乱飞，梅无尽的白衣除了溅落的墨汁，还有三四片鸡毛点缀。他的脸顿时变成了调色盘。

　　白泽再次爆笑出声。

　　再次被 NG。

　　这是白泽见过的最狼狈的梅无尽。他不再是那个做任何事情都能够应付自如，胸有成竹的人，白泽想到这里，有点扬扬得意。趁人不注意，他拿手机偷偷照了一张相片，梅无尽的黑历史，从此掌握在他手中了！

　　后来大概因为导演也看不下去了，也比较理解梅无尽，草草地通过了。梅无尽从场上下来，去换衣服，一双手在水龙头下边水冲来几十遍，掌心都搓得通红，仍觉得有不舒服的触感残留着。

　　白泽站在旁边，看着才一小会儿就去了半瓶的洗手液，惊叹地问："梅无尽，你是想要换掉一层皮吗？"

　　梅无尽心情不爽，懒得理他，继续冲水。

　　"其实早就洗干净了，只是你心理作用而已。"白泽说。

　　梅无尽我行我素，像没有听到一样。

　　两人的角色突然之间好像互换了一下。白泽成为理性又懂事的一方，极力规劝着不肯听话的梅无尽。

"你准备把手洗烂吗?"

"我不舒服。"梅无尽摊开双手,说了实话。

白泽一把扯过他的手,用自己的衣角给擦了擦,然后握着他的手背放到鼻尖嗅了嗅。轻薄微凉的鼻息,喷洒在掌心。

梅无尽保持着姿势纹丝不动,像被定住了。

白泽继续闻了闻,说:"真的没有气味了啊,你别再洗了,手指皮磨掉了你今晚就不能弹吉他,和我一起练声了。"

梅无尽心里仅剩的一丝褶皱,终于也被抚平,渐渐舒展开来。那点不舒服,也在面前带着薄荷味的呼吸声里,消失得一干二净。

下一场戏的重心,是在男女主角相遇的情节叙述上。白泽和梅无尽只需要再露几个正脸和侧脸,打打酱油就可以了。

白泽闲不住,眼睛也四处瞄。

看见沈欢榆突然出现在剧组时,一脸的错愕。他不明白沈欢榆为什么会在这里,特地来探班吗?

但也不像,她身边还有两个西装革履,看起来很精英的男人。白泽认识其中一个,是 EME 的副总。

梅无尽也看到了,和沈欢榆四目相对时,相互委婉地低头打了个招呼示意。白泽不由得懊恼,心里的别扭又往外冒。

"无尽、小泽……"中场休息时,沈欢榆过来打招呼。

"小榆你怎么来这边了?是怎么进来的?"白泽主动地问。

"今天本来是爸爸要过来的,但是他现在走不开,刚好我在 C 城,就让我替他来了。"沈欢榆笑着看向梅无尽,"顺便也给你们俩探探班呀。"

"沈伯伯准备要向往娱乐圈这一块发展吗?"白泽问。

沈欢榆说:"我听他说话,好像是有这个意思。这样不是更好吗,到时候也可以给你走走后门,多加照顾你……他一直说不太放心你一个人在外面闯荡,有我们在后面保驾护航就不同了……过几天爸爸会来C城,一定会要和你见一面的。"

白泽知道沈世清和自己父亲感情深厚。白继成不在了,沈世清把白泽当作自己儿子来照顾,每隔一段时间都会打电话来询问,看看白泽最近如何,有没有需要他帮忙的地方。

白泽俨然也把他当成了亲人。

白泽和梅无尽今天的戏份已经拍完,暂时可以走人。沈欢榆笑靥如花地说:"那正好,我等你们一起走。"

白泽求之不得,说:"好啊,我们先要回一趟小芙山。"

沈欢榆说:"我反正很闲,去哪里都可以,这次总算可以去参观一下男神们的窝了!"

白泽听沈欢榆把自己也算入男神行列了,十分之激动,得意忘形地哈哈笑起来。

梅无尽在更衣室里换衣服,听见门外两人语气愉快的对话和那家伙魔性的笑声,心里有点郁闷。

沈欢榆似乎转换了战略。

梅无尽那里攻不下,她可以从白泽处入手。白泽和梅无尽大多时候形影不离,她多和白泽待在一块儿,见到梅无尽的机会自然也多。

为避免狗仔团偷拍，沈欢榆只好自己开车跟在保姆车后面。白泽时不时回头透过后视窗看几眼，见沈欢榆没有掉队才肯放心。

　　梅无尽一把按住他，冷漠地说："你就不能安分点坐着？"

　　白泽刻意歪着脸，说："我有多动症，你管得着吗？"

　　"你也就这点出息。"

　　"你——"

　　魏琳也在后座坐着，赶紧把他们隔开。怎么前几天才和好，现在又几句话吵起来，眼看着战争就要爆发。

　　魏琳立即想到了沈欢榆，知道多半和那位大小姐有关。每次她一出现，梅无尽就控制不住地挤对白泽，白泽也看梅无尽各种不顺眼。

　　魏琳一脸担忧，心里却偷笑，看着眼前的两个赏心悦目的少年闹别扭。

　　沈欢榆获得参观白、梅别墅的机会，除了梅无尽上锁的卧室，其余地方都转悠了一圈。梅无尽叫白泽去练习室训练，两人下午还要去一个舞蹈大师家中上课。沈欢榆主动承担起了午餐的任务，和魏琳一起准备食材做饭。

　　门铃接连被按响。

　　魏琳在洗菜，双手是湿的，难得有机会指使一次千金大小姐。她对沈欢榆说："麻烦你去看一下是谁在敲门。"

　　沈欢榆竟然也没有意见，一个人擦干净手就去了。

　　门外面不见人影，只有地上放着一个包装精美的心形礼品盒，盒子上有一封粉红色的信,信上是娟秀的字迹,一笔一画地写着三个字,"白泽收"。

估计又是哪个迷上白泽的小姑娘前来送情书的。不过人家能找到小芙山的别墅来,也确实了不起,不知道费了多大的劲。

沈欢榆拿起礼品盒,好奇里面究竟是什么东西,想着跟白泽从小这么好的关系,帮忙拆一个礼物也没什么关系吧。她把礼品盒抱在胸前,一手抽开黛蓝的丝绸带子,掀开纸盖往里看——

"啊……"

沈欢榆的一声惊叫,尖锐地划破了空气。

她手里的盒子跌落在地上,里面滚出来一颗鲜血淋漓的心脏似的东西,躺在地板上,猩红而突兀,强烈地刺激着人的感官。

沈欢榆受到极大的惊吓,顿时昏厥过去。

魏琳闻声赶来,在客厅一眼看到门口的场面,同样吓得话都说不出了,双腿打战地往录音室跑。

白泽和梅无尽还戴着耳麦,丝毫没听见外面的声音。两人只见一向以女汉子自称的魏琳这时脸色煞白,额头上冷汗都出来了,使劲指着外面,不稳地说:"快……快去看看沈欢榆……"

第十二章
快点起来,你现在睡的是我的床。

那是一颗用 PVC 材料制作的医用心脏模型,淋上了猪血,足够以假乱真。

收件人的名字是白泽,显然是针对白泽,想要恶作剧来吓他的。

想恶作剧来吓白泽的,只是由沈欢榆无辜代受了,还被送进了医院。而那个粉红色的信封,里面写满了谩骂白泽的话,甚至还有诅咒之类的恶毒言辞。

网络上,白、梅双方的粉丝没有随着时间过去而渐渐歇战,反而愈演愈烈,坏的影响已经直接波及了他们的生活,并且是以这样的方式。

梅无尽真的怒了。

每次一想到如果拆开盒子的人是白泽,他就觉得无法忍受,并且下定决心要彻查这件事情。

小芙山别墅群内的安保设施不错，每隔一段路，会有隐藏的摄像头，梅无尽要把监控调出来不是难事。他和保安人员一起把中午十一点到十二点之间的相关录像全部调出来，一个个排查。

目标最终锁定在一个穿绿色雪纺衫的女人身上。她提着一个帆布包，里面鼓鼓囊囊，差不多就是那个心形礼品盒的大小。长发披散，戴白色帽子，遮住了大半张脸。又始终低着头，看不太清楚样貌。

梅无尽却注意到，女人脚上十厘米左右的高跟鞋非常熟悉。

他记得好像是在上个月，公司有为SKY举行一场特别的小型粉丝见面会。一票难求，接待的都是铁杆粉和死忠粉之类。中途有个互动的环节，奖品是十二双高跟鞋，最后全被送了出去。

这个女人脚上的鞋子，好像正是那个款式。

梅无尽把图截下来，发给魏琳确认，当时采购奖品和道具都是经由她的手，她再清楚不过。

魏琳很快就确定，那的确是送出去的十二双鞋当中的其中之一。因为鞋子是她让人特制的，所以十分肯定，绝对不会弄错。

当时得到奖品的粉丝虽然没有留下联系方式，但不管是娱乐圈，还是粉丝的圈子，每个人都不是独自存在的，要查到那十二个人，并不会太困难。

再把范围缩小，一定能够找到寄东西的人。

梅无尽接下来让魏琳去办这件事，无论如何，总会查出来。白泽在电话那边催促，要和他一起去看医院探望沈欢榆。

昨天沈欢榆被送去医院检查后，医生说没有太大的问题，她只是因为受到过度惊吓而产生了暂时昏厥的现象，在药物的刺激和适当休息之后，就会醒过来。要是家人不放心，建议先住院观察几天。

白泽当即打电话通知了沈世清。

在沈世清过来之前，都是由他和梅无尽在这边照料着。

沈欢榆醒来之后仍然心有余悸，每次回想起那一幕就心惊胆战，冷汗涔涔，一张脸刷白。但在看到梅无尽亲自去帮她买粥时，沈欢榆觉得自己这才叫因祸得福，简直想一辈子赖在这家医院不走了。

白泽笑话她："小榆，你是不是脑抽？"

沈欢榆一个枕头扔过去，娇纵的公主模样。

梅无尽在坐在一旁的椅子上塞着耳机听歌，从来没有几句多余的话。但是如果沈欢榆有什么需要，他会尽量去做到。

大概是出于歉疚。

毕竟沈欢榆是代白泽受过，又是在他们别墅内出的事。

只是沈欢榆沉浸在这种被自己偶像照顾的巨大惊喜当中，眼睛里都冒着粉红色泡泡，根本看不出端倪。

一个人陷入了爱情里。

梅无尽是去医院楼下的小花园透气，坐在长木椅上抽根烟的时候，遇到沈世清的。

沈世清接到白泽的电话时，正好出国谈生意，紧赶慢赶，这个时候才赶过来看沈欢榆。他身后跟着两个助手或秘书之类的人物，一行三人匆匆忙忙往住院部走。沈世清的余光瞥见梅无尽时，却不由自主地停了下来。

沈世清平日里从不关注娱乐圈，也不看任何娱乐新闻，全身心地投入在他的事业上，这是他第一次看清梅无尽的脸。

第一眼，只是觉得熟悉。

再看几眼，坐在天光下指间夹着烟的少年，冷漠又倨傲漂亮的眉眼，和他记忆中的那道美丽的身影重合。

太像了。

沈世清震惊得一时忘记了自己身处的情境。

在此之前，他和梅无尽其实也有过几面之缘。比如在 L 市的警局门口，迎面而来，擦肩而过，只是沈世清没有留意到而已。

偏偏这时候，突然就看到了，猝不及防，才感觉有雷霆万钧。

强烈的目光注视，让梅无尽抬头往沈世清的方向望过去。

四目相对。

梅无尽微不可察地皱了一下眉，很快又松开，眼里不起任何波澜，好像真的只是看到一个陌生人。他起身把烟蒂扔进垃圾桶里，准备走开，白泽正好从电梯里出来。

"梅无尽……"白泽朝他跑过来，"原来你在这里！我说就一会儿工夫，你跑哪儿去了……"

"咦？"白泽看见了沈世清，"沈伯伯你来了啊，找不到小榆的病房吧？我带你过去！"

他说完就搭上梅无尽的肩膀，忽然想起应该介绍梅无尽和沈世清认识一下，笑着说："沈伯伯，这是我朋友，叫梅无尽，他和我一起在照顾小榆。"

沈世清问："梅花的梅吗？"

白泽积极地替梅无尽回答："对啊，就是那个，是特别的姓对吧！"

沈世清听了，若有所思，主动跟梅无尽介绍起自己："你好，我是小榆的爸爸。你可以和小泽一样叫我沈伯伯……"

梅无尽面无表情，对于沈世清的笑容无动于衷，目光中带着一分审视的意味。

白泽悄悄撞了梅无尽一肘子，凑在他耳边低声道："喂，人家是长辈，你好歹讲点礼貌，露一个笑脸好不好！"

梅无尽好像没听见一样。

白泽又愤愤地去掐他的腰。好在沈世清丝毫不介意梅无尽冷漠的态度，脸上依然带着笑意，对白泽说："我们先去看看小榆吧。"

沈世清来了之后，医院那边也就不需要白泽和梅无尽照料了，每天专心致志地拍《佛如劫》的戏份。

两人杀青那天，白泽却感觉到梅无尽不太高兴。

或者说，他感觉梅无尽这些天的情绪，都有点不太对劲。虽然冰山面瘫脸上一贯看不出什么表情，但是他跟梅无尽同吃同住，全天候待在一起，总能最直接地感受到梅无尽的心情。

吉他调好音，把新曲子弹了一遍，梅无尽觉得不太满意，谱子上改了改。

"梅无尽，快抬头看我！"

白泽的声音突然冒出来。

梅无尽抬头，面前是一个伸着舌头的鬼脸。

"……"

头顶有一群乌鸦飞过。

"看你耍白痴吗？"梅无尽冷冷地说，低头继续工作。

白泽一脸挫败，"哎，你怎么不笑？"嘴里碎碎念着，"难道不好笑吗？我自己对着镜子看了的，这个表情明明就很搞笑呀！"

梅无尽说："你这么闲？舞练完了？"

白泽大受打击，说："我已经连续练了四个小时了，只是趁着休息时间来给你送福利，让你开心一下，你就是这么对我的！果然你的良心喂狗了！"

梅无尽眼睛还盯着曲谱，却已经无法集中注意力了，偏偏白泽还老缠着他问："你最近是不是来大姨妈了？"

"白泽！"梅无尽怒吼。

似乎总是在白某人面前轻易破功。

"哎呀，你这么大声干什么，我耳朵又不聋。好了好了，我的休息时间用完了，先走了！"说完他双臂抬起，双脚并拢，学僵尸一步一步跳出房间。

梅无尽被他这么一闹，先前淤积在心里的郁气都散了，勾起唇角无可奈何地笑了一下。

白泽等于大活宝。

梅无尽把这两者画上了等号。

他放在一旁的笔记本上，打开的网页显示是关于沈世清的简单介绍。梅无尽烂熟于心，几乎可以全篇背诵出来。当初在L市警局，见到这个人的第一面，梅无尽只是觉得这个男人眼熟。

前几天在医院再次碰见，面对面站着，近距离地看见男人的脸，梅无尽忽然想起来他妈妈那块最宝贝的怀表。

表盖内镶嵌着一张老照片，照片里的人和沈世清有八成相像。

虽然如今他年纪大了，容貌和年轻时有了些微的改变，但还是不难认出来。梅无尽这几天一直为这个事烦心，他心里有了一种假设和猜测，犹豫着要不要打破现有的安宁的状态去调查清楚。

只是就算查清楚，又能怎么样呢？

就在梅无尽为沈世清的事情伤神的时候，魏琳把背后给白泽"寄心脏"的黑粉给揪出来了。

那个女人叫陶佩佩，还是梅无尽的粉丝团高层，在梅无尽还没有出道之前就痴狂地热爱着他，关注他的动向。先前网络上爆出了梅无尽和白泽在樱花小道上吵架的照片，这件事就是她做的。

她因为不满白泽对梅无尽任性的态度，也看不惯白泽的行事作风，经常在网路上攻击白泽和白泽的粉丝。

自从那篇"今日风光好，我们来扒一扒白泽做过的那些事"的帖子火起来之后，陶佩佩更是心中不平，想要狠狠地教训白泽一顿。冲动之下，她才做出了寄"心脏"这么恐怖的事情。

魏琳把结果和证据转交给梅无尽之后问他："你打算怎么处理？"

梅无尽毫不犹豫地说："把事情公开，让陶佩佩向阿泽道歉。"

魏琳提出质疑："你如果这样做不一定妥当。白泽的粉丝原本不知道他受到了恐吓，要是现在知道了，肯定会闹起来的，转而攻击你也说不定，毕竟陶佩佩是为了粉你才这样做的。而你这样对待陶佩佩，也可能会让一部分梅粉寒心。两边都容易得罪，我们还不如私底下找陶佩佩解决算了……"

梅无尽摇头，说："只有公开，才能起到警示作用，杜绝以后发生同样的事情。"

当天晚上，梅无尽在自己的新浪微博发出了公告，接着就把"陶佩佩寄恐怖礼盒给白泽"的整件事情贴了上去。

梅无尽直白地提出要求："我希望陶佩佩能够向阿泽道歉。"

他说："我希望我的粉丝和阿泽的粉丝，都能够理性地对待这件事情。"

他说："追星应该要有正确的态度。有些人可以在追星的路上陪伴着自己的偶像一起成长、蜕变，成为更好的自己。我希望，你们都能够成为这样的人，让追星变成一件有意义的事情。"

他说："最后申明，我和阿泽很好，我们是SKY，是一个整体，一个组合，从来没有谁捆绑谁成名这一说。我们是靠相互扶持着，才走到今天……"

仅仅在几分钟之类，梅无尽的微博底下就爆炸了。白泽粉和梅粉，还有诸多的路人粉，都参与到了讨论中来。

粉丝A："小尽同学干得漂亮，男友力MAX！我看见了你对小白泽同学深深的爱！"

粉丝B："简直是霸道总裁的即视感啊！"

粉丝C："冰山暖男……好萌啊，人家要路转粉！路！转！粉！"

粉丝D："又是炒作吧？我都看腻味了，取关。"

粉丝E："让陶佩佩那个贱人滚出来给我们小白泽道歉！磕头！"

粉丝F："又被秀了一脸的恩爱啊，明明是这么正经严肃的事情，我怎么只看到了满满的基情呢？还有爱……@白泽……"

粉丝J："@白泽，请保持队形……"

粉丝H："@白泽，请保持队形……"

粉丝I："@白泽，请保持队形……"

白泽对于梅无尽今晚的所作所为，完全不知情。连去调查时，梅无尽也找理由避开了他，魏琳那里更是没有透露半点风声。

他在浴室吹头发，"嗡嗡嗡"的风声盖过了手机微博的消息提示音。

等他出去之后，倒在床上休息，拿起手机一看，铺天盖地的信息朝涌来，把白泽吓了一大跳。他脑子里冒出的第一个想法竟然是，他不会又言行不慎被抓拍，然后接着被爆图了吧？

应该不会呀，他这几天明明很安分。

梅无尽说他是天然招黑体质，白泽已经成功被他洗脑了。

算了，反正也都习惯了。白泽笑着安慰自己。

"鲁迅先生说，真正的勇士敢于直面惨淡的人生，敢于正视淋漓的鲜血。怕什么！黑粉虽然多，但是那些真正喜欢我的粉丝也不少啊……"

　　白泽抱着这样的想法双击手机屏幕,看到的却不是想象中的轰炸,好多人艾特他,是因为……

　　白泽随后看到了梅无尽发的那条长微博,时间显示是在十分钟之前。

　　关于收到恐怖礼物这件事,白泽神经大条,自己是没有想到过要事后追究的。当时沈欢榆被吓昏住院,他的全部精力都被转移了,想着照顾她,又忙着《佛如劫》的拍摄,还要顺便骚扰加调戏梅无尽。

　　他没空去想要惩罚背后的人。

　　他更没有想到,梅无尽一直在彻查这件事情。

　　白泽把微博看了好几遍,再也忍不住了,从床上跳下去,冲向梅无尽的房间:"嗨,北鼻(baby)……"

　　"噗……"正在一边喝着咖啡,一边抱着电脑刷微博评论的梅无尽毫无防备地,一口咖啡喷在电脑屏幕上。

　　白泽:"……"

　　梅无尽咳嗽不已,白泽拿着桌上的一袋抽纸扔过去:"呃,你那么激动做什么?看到我有必要这么兴奋吗?我们每天看见对方的时间超过十五个小时耶,想不到你还这么想我……"

　　"白痴,你好自恋。"

　　"看吧,被我猜中了,恼羞成怒对不对!"

　　梅无尽放下咖啡杯,把电脑擦干净,白泽凑过来看,果然是微博的页面。

"喂，你干吗要这么做呀，那件事情不是已经过去了吗？为什么还要大费周章地重新提起呢？"

梅无尽看了他一眼："在你看来已经无关紧要地过去了，但我始终在意。"

白泽笑了起来："哥们儿，拜托你搞清楚状况哎！我才是当事人、受害者好不好，人家是寄'特殊礼物'来恐吓我的，我都没追究了，你干吗还揪着不放呢？"

梅无尽斜了他一眼，说："我乐意。"

忙了活这么久，结果旁边这家伙自己反倒抱着满不在乎的态度，梅无尽心里怎么说也有点火大啊。

不觉地，他沉下一张脸。

白泽继续说："你这样做，很容易掉粉的，陶佩佩原本是你粉丝团里的高层，这样不给情面地把她揭发出来，难道不担心她们对你心寒，从此粉转路人吗？"

因为不想让你受到牵连，所以装作无所谓，毫不在意的样子。他什么时候，也会偶尔不再任性，学会了为对方着想。

梅无尽伸出手，抓了把白泽的头发："我只是想从根源上解决，杜绝以后再发生这种事。"

白泽大大咧咧地笑："没关系！小爷我一点都不害怕！"

得到了那么多人的喜欢，也受到了这么多的质疑，但是我们相互扶持这走到了今天。未来还有很长的路要走，因为知道你在，所以我没有那么害怕了。

白泽觉得今晚的自己好像有点感性过头，躺倒在床上，头埋在被子上蹭了蹭，有点后知后觉地不好意思起来。

"快点起来，你现在睡的是我的床。"梅无尽的声音毫不留情地劈过来。

"听不见！我已经睡着了！"白泽闭着眼睛装死。

"给我滚回你自己房间去。"梅无尽冷冷地说。

白泽皱着一张脸，五官都缩起来，像个小笼包："你你你……怎么这么无情！翻脸不认人啊！在你床上睡一下怎么了，我只是不想挪窝而已！刚刚还在微博上说以后要好好照顾我的！"

"我可没说过这样的话。"

"你分明有！"

"没有。"

"就是有！"

"好吧，"梅无尽妥协了，跟白痴争持到天亮估计也不会有结果，"你想睡就睡，你说的一切都对。"

"哼，这还差不多！"

而陶佩佩道歉之后，被梅无尽的粉丝团开除了。

事情解决完毕，却也埋下了巨大的隐患。

第十三章

如果不是因为你代替阿泽受伤，我不会多看你一眼。

　　沈欢榆一直关注着梅无尽的动态，梅无尽发的那条长微博，沈欢榆在第一时间就看到了。

　　害得她丢脸地昏厥，住院好几天的人被揪出来了，沈欢榆觉得自己出了一口恶气。最主要的是，这个破案的，帮她揪出凶手的人，是她男神。

　　这个认识让沈欢榆不禁得意忘形起来。

　　再想想自己住院的那几天里，梅无尽都会和白泽一起过来看自己，虽然依旧是高冷样儿，但是却在默默地照顾自己。

　　近距离地接触之后发现，梅无尽并没有想象中的那么难以接近。而他对她，也不是想象中的那么冷漠。

　　好像，自己对他来说很特别呢。

沈欢榆开始一个人胡思乱想起来。

而这时的梅无尽，接到了来自于沈欢榆的爸爸沈世清的电话。

"小尽啊，你什么时候有空，出来和沈伯伯见个面怎么样？"

梅无尽没有去管沈世清是怎么知道自己手机号码的，准备直接挂电话了："没空，档期很满。"

沈世清却没有那么容易打发走，还是好脾气无比耐心地对他说："伯伯亲自过来找你也行，只是晚上想请你吃一顿饭而已，谢谢你对小榆的照顾……地点可以选在你工作地点附近的餐厅，不会耽误你太久……"

明明是和对方商量，却已经是不容拒绝的语气。

梅无尽想，奸商都是这样？

他想要了解更多的关于沈世清的消息，这何尝不是他一个打探的机会？

"那好，时间和地点都由我来定。"梅无尽说。

沈世清没想到他上一秒还是冷漠拒绝，下一秒就轻易改变了主意，急忙道："没问题！"

梅无尽说会很快给沈世清回复，他说的很快，是在两天之后的周末。

白泽接了一支奶茶的广告，恰好安排在那天下午拍摄。原本广告商邀请的是整个 SKY 组合，但是魏琳说那个文案不符合梅无尽的风格定位，所以建议梅无尽不要接，让白泽自己上。

梅无尽竟然就果断地抛弃了他，理由很简单："我可不想表演喝一下午的珍珠奶茶。"

魏琳悄悄拉过白泽，私自揣测："小泽，我跟你说噢，梅无尽心里的后一句潜台词是吐槽——小心膀胱会爆。"

白泽满脑袋的黑线："……"

梅无尽和沈世清都是准时踩点到的。

梅无尽提前预约好了包厢，把帽子和墨镜摘了，坐下来给自己倒了一杯水。

沈世清一直在悄悄地打量他，把菜单递过去，大方地说："今天沈伯伯请客，想吃什么尽管点！"

还真是一副哄小孩的语气。梅无尽心里一声嗤笑。

梅无尽随遇而安，倒也没跟他客气。他经过连续几个小时的舞蹈训练，体能消耗很大，也确实饿了，不客气地把自己喜欢的通通点了一遍。

"你有什么话就说吧。"

沈世清摸不准梅无尽这样冷淡的态度，是因为性格使然，还是对自己的身份有一定的了解。

他在心中斟酌了一番，才说："我最近老是听小榆提到你，她好像说你也是L市人，我们算得上是同乡了。以后有什么事情需要帮忙的，可以来找我……"

梅无尽不置可否，没有表态。不答应，也不立马拒绝。

"你父母也是 L 市人吗？"沈世清问。聊了几句其他的，话题还是转移到这个上面来。

"不清楚，"梅无尽直白地说，"我是个孤儿，不清楚他们的身份。"

沈世清的脸上立即流露出愧疚的神色，说："你不要介意，叔叔只是多嘴问了句。你知道的有时候长辈为了避免冷场，会找一些自己觉得亲切的话题，喜欢把小辈的父母拿出来说事儿，拉近彼此的距离……"

梅无尽的注意力似乎都放在吃上，慢条斯理地咽下食物，又慢条斯理地说："我没有很在意。"

"啊？"沈世清愣怔，显然没有想到他会是这样的反应，问道，"小尽，你难道不想知道自己的父母是谁吗？就没有想过去找他们吗？"

梅无尽喝了一口茶，目光探究地看着沈世清。

沈世清意识到自己说的话越矩了，尴尬地笑了一声，想试着圆回来。

梅无尽却说："我其实见过我妈妈，七八岁的那两年里，她回来找过我，把我从孤儿院里接出去了。她说她是我妈妈，想要重新照顾我，跟我一起生活……"

他的语气太过平静和冷淡，让沈世清觉得他好像在说一件无关紧要的事情。

梅无尽喝了口咖啡，继续说："我跟她生活了不到半年的时间，之后她又莫名地消失了，我再次回到了孤儿院，从此以后再也没有见过她。说起来还有一个巧合，她有一块怀表，在那两年里，我常常看见她对着那块表自言自语。有一次偶然看到，表盖里有一个男人的相片。"

梅无尽的一句话犹如炸弹,在浅塘里炸开。

他看着沈世清说:"我觉得,照片上的男人……和你很像……"

沈世清手里的刀叉一个不慎,响亮地掉在地上。

包厢里在突兀的一声惊响之后,变得无比安静。

梅无尽走之前去前台结账,看了一眼菜单,手指点了点,说:"我只付这个、这个、这个、这个,还有这个的钱。"

"其他的是我对面那个人自己付。我们实行 AA 制,麻烦请重新清算一遍。"

收银员:"……"

梅无尽走出旋转门之后,服务员 A 说:"我觉得那个戴口罩的帅哥背影有点像我家男神啊……"

服务员 B 说:"你眼花了吧,梅无尽怎么会吃个饭还要 AA 制,他又不是穷疯了!"

"也对,他一招手,估计有的女粉丝都愿意站在大街上撒钱了……"

"还好你穷,不然还真会干出这么缺根筋的事。"

"我有钱了也不会啊,我是男的,理智追星。我家男神都在微博上说了,追星要有正确的态度,我才不会干出这么脑残的行为!"

"呵,说到底还不是因为穷。"

"……"

梅无尽走出餐厅时，外面的天已经完全黑了，在下雨。地面潮湿，水洼里倒映着闪烁的霓虹。

湿答答的衬衫贴在身上，水珠顺着额前的头发差点滴进眼睛里去。

有出租车司机开车从他旁边路过，特地按了两下喇叭，放下车窗问："帅哥，要不要打车？"

梅无尽好像完全没有听到，看也不看地走了过去。

他的大脑是放空的。

之前在餐厅和沈世清的对话又突然地冒出来。

"我觉得，照片上的男人，和你很像。你说不定认识我妈妈呢，"他笑容讽刺又犀利，"……沈伯伯。"

沈世清多次的试探，在此之前多半已经把他这些年的事情从头到尾彻查了一遍。而梅无尽心里也早有预感，自己和沈世清之前的关系不会那么简单。

这顿饭吃不下去了，梅无尽推开椅子往外走的时候，沈世清在身后叫住他："小尽，你愿意和我去做亲子鉴定吗？"

梅无尽说："我认为，没有这个必要了。"

"我很有可能是你的爸爸！"沈世清想要说服他，"如果我们的确有血缘关系的话，以后我愿意补偿你……"

梅无尽甩上包厢的门，声音隔断了沈世清的视线和他即将出口的话。

雨越下越大，裤兜里的手机在这时候响起。

梅无尽的第一反应，竟然是期待白泽那个二货，他拍广告应该喝了好几个小时的奶茶吧，这会儿估计得找人吐槽。

手机上显示的却是一个陌生的号码，传出来的是沈欢榆的声音。支支吾吾，只听清楚了大概的内容。

"能不能，麻烦你过来绿茵酒店这边一趟……我，我遇到麻烦了……"沈欢榆似乎很着急，又在电话里面讲不明白，声音好像要哭出来了一样，"我、我会一直等你来的……"

梅无尽不知道那边究竟发生了什么，但这种情况下绝不能置之不理。他担心沈欢榆一个女生在外面突然遇到危险，直接拦下一辆的士，往绿茵酒店赶过去。

梅无尽按照沈欢榆提供的地址，一个房间一个房间找过去。他浑身湿透，又戴着帽子和口罩，格外引人注目，但好在一路上没有遇到几个人。

看到了 A3103 的门牌号。

梅无尽敲了敲门。

门无声无息地从里面开了，打开一条小缝，却不见沈欢榆的身影。

梅无尽带着疑惑走进去，突然从门角里冒出一个白色的影子扑过来。

沈欢榆双手牢牢地抱住他，或许是因为害怕还是别的什么，她的手臂微微发颤。

两边脸颊泛着红晕，眼里氤氲着醉意。床头柜上摆着红酒和高脚杯，她显然是喝过酒，壮过胆了。

"放开。"梅无尽冷静地说。

他的声音像冬夜下过的一场雨，透着让人却步的寒意。

沈欢榆却醉得厉害，听不出他话里压抑的怒气，依旧缠着他，鼓起勇气说："我……我知道你也是喜欢我的……不然你怎么会对我这么好……我、我也喜欢你，一直一直喜欢你……我、我……我们在一起吧！"

她说完这句话，废了好大的力气，依旧不肯松手，仰起头眨巴着眼睛望着梅无尽。

不久才和沈世清见过面的梅无尽，看见眼前这张和沈世清隐隐有几分相像的脸，他几乎是带着凌厉的气势和凶狠的力度，把沈欢榆强行推开。

沈欢榆一个不稳，脚步踉跄，跌坐在身后的床上。

"我有说过喜欢你吗？"梅无尽冰冷的质问像刀子一样割过来，沈欢榆连酒也醒了一点，脑袋里嗡嗡作响，她迷茫地说："你怎么会不喜欢我呢？你……你明明对我那么特别，那么好！"

"特别吗？"梅无尽仿佛像听到了一个笑话，嘴角微微勾起，尖锐的弧度，"你是指特别讨厌你这一点？"

"可是我住院的时候你分明很紧张，一直在照顾我！"

"如果不是因为你代替阿泽受伤，我不会多看你一眼。"

"你胡说！"

沈欢榆大哭起来。

梅无尽却不肯轻易饶过她，要把她的美梦彻底地击碎，嘴边的话越发不留情面："你以为你是谁，不过是一个仗着家里有权有势在外面任性妄为的小丫头片子,谁会真的喜欢你?你有什么值得让人喜欢的?简直……一无是处。"

梅无尽没有再多看沈欢榆一眼,关上门走出去。

第十四章

但是梅无尽，你好像只有我哎……

小芙山别墅。

白泽大大咧咧地摊开四肢，在客厅的沙发上躺着，呈现出一个人形的大字。他玩了两盘手机里的音乐游戏，不一会儿就没了兴趣，看了看墙上的钟，自己无聊地哼唱起了《白云无尽》。

"白云路过你年少时光，可惜被遗忘，连同记忆，一并雪藏。"

"重逢还欢喜，第一眼看见你，便能认出你，我们好像从来没有过分离。"

还不见梅无尽回来。

这时候他不应该早就到家吗？白泽心里嘀咕："今天搞什么鬼？不会在路上被小妖精勾搭走了吧？哈哈哈……"

白泽各种脑补。

雨珠斜斜地敲打在窗户上，雨声一直没有停，他双手枕在脑后，昏昏欲睡起来。

突然，开门的声音响起，白泽瞪开眼睛，立即精神地从坐起来。

"你可总算回来了！魏琳姐说你今天下午四五点就从公司走了，怎么现在才到家？嘿嘿……"白泽抱着抱枕坏笑，"你干什么去了？"

梅无尽一言不发地在玄关处脱鞋。

白泽从沙发上窜下去，这才看清梅无尽浑身都在淌水，脱口而出："靠！你是不是去印度洋游泳了？湿成这样！"

梅无尽微低着头，雨水顺着乌黑的头发往下滴，流过一截白皙修长的颈，悄然滑落。眼睛被遮挡了，看不出任何的情绪。英俊的面孔仿佛因为被水汽完全浸湿，而显得模糊起来，轮廓的线条也不如往常那么尖锐了。

白泽只觉得梅无尽今晚有点异常。

"你……"

"广告拍完了？"

两人同时出声。

梅无尽这样随口问了一句，好像又和平日里的样子没差，只是他嗓子低哑，说话带着鼻音。

白泽一怔："收工好几个小时了。"想起下午的情形，又愤愤地说，"老子一年之内不会再想喝奶茶了，小肚子都喝出来了！"

他说话的时候，梅无尽已经到了楼梯口，赤脚留下一串水渍，像个行走的雨人。

白泽催促道："你快去洗个澡，别感冒了……"说完觉得好像不太对劲,梗着脖子再喊了一句,"你感冒了就没人给我做饭,没人给我买零食了!"

梅无尽只是微微点一下头,表示知道了的意思。

白泽望着他沉默修长的背影,心里像被什么堵住了,烦躁地抓了一下自己的头发。

阳台上两盆栀子花在风里摇摇欲坠,白泽记得好像是哪个粉丝送的,他当时看着喜欢,就抱了回来,忙起来却忘记照料。

如今花都蔫了。

白泽赶紧抢救,准备把花搬回房间。看到梅无尽卧室的门虚掩着,没有完全关上,他又偷偷溜进去,把其中一盆几乎只剩下叶子的放在床头柜上。

"可以净化空气。"白泽看了看,感觉很满意。

朝浴室望了一眼,里面亮着灯,却没听见一点动静。白泽觉得奇怪,走近喊了一声:"梅无尽,你在里面吗?"

没有人应。

"梅无尽?你不会在里面睡着了吧?"

"喂,你没事吧?"白泽不太放心,继续喊道,"我进来啰!"

推开浴室门,白泽扫了一圈,却发现没有人,梅无尽根本没在里面。

白泽立即惊悚了,冲到两扇打开的窗户旁,探出头往下望,对着夜色大喊:"梅无尽,梅无尽……"

"你在鬼吼鬼叫什么?"

身后一道冰冷的声音响起。

白泽回过头,梅无尽就站在离他不到半米远的地方,双手插在兜里,脸色苍白得像个鬼。

白泽打了寒噤,说:"你……你从哪儿冒出来的?我刚刚怎么没看见你?你是不是鬼啊?"

梅无尽无语,用看白痴的目光看着白泽:"我只是下楼倒了一杯白开水。"还在楼梯间就看见这家伙鬼鬼祟祟地摸进了自己房间。

白泽讪笑着说:"我还以为你想不开,从窗户口跳下去了……"

梅无尽头晕得厉害,只觉得他这一笑,白白的两颗小虎牙实在太耀眼。脑子里混乱不清,他很难受,又像醉酒的人,突然伸手盖在白泽脸上,想要遮住他生动精彩的表情。

"不许笑了。"梅无尽对白泽说。

白泽在心里冲他竖起一根中指,本来想骂人,但是贴过来的掌心的温度让他一怔。

"怎么这么烫!"

白泽这才反应过来,梅无尽压根儿还没洗澡换衣服,身上还穿着深灰色T恤和黑色休闲裤,只是上面干了大半,水分都快被他这个人体烘干机给吸收了。

"梅无尽,你今天是不是脑子抽风了!"

白泽把人推进浴室,见梅无尽连脚步都是软绵绵的,站着都像随时会倒下去,干脆搀扶着他到浴缸边上。

打开水龙头,开始放热水。

"喂,你别吓我啊……"白泽伸手在梅无尽面前晃了晃,比出五根手指头，问，"这是什么？"

梅无尽看着他的目光仍然很鄙视，说："手板心。"

白泽急了："糟了糟了，我拍档脑子要烧坏了！怎么办，怎么办！我要不要打120？要不要先打电话给魏琳姐？"

梅无尽眼神凛冽，但杀伤力已经降至负值，声音喑哑地说："你去帮我到抽屉拿几粒退烧药。"

"这样就行？"

"吃完药睡一觉就没事了。"

"哦……"

白泽没见过这样需要人照顾的梅无尽，看他苍白着脸，强撑着精神说话，心里酸软，不知是个什么滋味。

他放好了水，正要去拿药，手机又响了。

白泽在裤子上擦了擦手，连忙接听，笨手笨脚地按了扩音键。

沈欢榆的声音从里面传出来，带着哭腔断断续续地说："小泽……你能过来一趟吗？"

白泽着急地问："你怎么了？现在在哪里？"

沈欢榆抽噎："在……绿茵酒店。"

"什么！"白泽激动得声音分贝都高了，一连好几问，"你怎么会在酒店？是不是被人欺负了？就你一个人吗？"

沈欢榆说："呜呜……我告白被拒绝了，现在一个人在……"

白泽松了口气，还好不是他想的那样。

沈欢榆说："你能不能过来陪陪我？我在C城就只有你一个好朋友……"

说完通话突然中止，白泽的手机电量耗尽，关机了。

白泽握着手机，神色为难。

梅无尽坐在浴缸旁的小凳上，手肘抵着膝盖，弓着背，眼睛盯着地板木纹上的圈数。灯盏正好悬在他的上方，强烈的光线把他包围，整个人都显得不真实起来。

他坐了半分钟之后，仿佛储存完力气，开始旁若无人地脱衣服，对白泽说："你走吧，我洗完澡自己去吃药。"

白泽犹豫着问："你自己能行吗？"

"嗯。"梅无尽冷淡地说，看也不看白泽一眼。他把手里的T恤扔在地上，接着解裤子上的皮带，只听见"啪嗒"一声。

白泽顿时尴尬，强迫自己转过头去，心里吐槽："梅无尽这家伙居然怎么开放！"

听着身后的水声，落荒而逃。

"那我走了哦？"

"嗯。"

浴室的门"啪嗒"一声关上。

室内恢复寂静，悄然无声。

梅无尽慢慢闭着眼睛，灰心失望的情绪不受控制地喷涌出来，侵袭了他感官和意念。放任自己沉入水里，冰冷的身体才终于感觉到一丝暖意，头疼却还是没有丝毫的缓解。

整个身体好像在不断地浮起来，像羽毛一样。

他这一天过得很混乱，不管是和沈世清见面，还是遭到沈欢榆的热辣表白。淋过一场大雨之后，那种恶心和排斥的感觉越发强烈。

梅无尽深吸了一口气，然后屏住呼吸，连同脑袋也埋进水里。

忽然被一双手用力地拽出水面。

"梅无尽、梅无尽！你怎么了！喂！你干吗想不开啊！"

白泽中气十足的声音像连环炮弹发射，轰击着梅无尽的耳朵，双手抓住梅无尽的肩膀使劲儿摇晃。

梅无尽的骨头差点散架，冰冷冷睁开眼睛，瞥了白泽一眼，问："你不是走了？"

"我走了你怎么办？"白泽说。

"你女神怎么办？你不管你的青梅竹马了？"梅无尽说。

"哦，我刚刚打电话给沈伯伯了，他还在C城，马上会去接小榆的。"白泽一脸理所当然地阐述这个事实，"小榆还有她爸爸和很多的好朋友，我就算不过去，她也会有其他人陪……但是梅无尽，你好像只有我哎……"

白泽好像生物学家破解出一个新命题，得出一个惊世的重大发现，语气里透着满满的扬扬得意："你只有我哎——所以我好像不能丢下你不管吧！"

白泽手里的感冒冲剂像是凭空冒出来的，装在浅色的玻璃杯里，升腾着热气。掌心里还有两颗退烧的药，一并送到梅无尽嘴边。

他一向是被照顾的那个，没伺候过别人，水喂得太急，差点呛到梅无尽。水温又偏高，梅无尽的舌头被烫得微微发麻。

但梅无尽什么也没说，配合地咽了下去。

第十五章
昨天拒绝你的渣男,就是梅无尽?

沈欢榆自杀的消息,是第二天上午,沈世清打电话告诉白泽的。

沈世清说:"我昨晚以为小榆只是因为失恋了,发发小脾气,没有放在心上。当时有一笔生意还没谈完,只派一个秘书去看看,谁知道秘书半路上接到女朋友的分手电话,立刻就改道去找女朋友了……"

白泽一听,心里像沉下去一块巨石。半响,他才问:"她现在怎么样了?"

沈世清说:"医生说没有大问题,只要等人醒过来就好了。"他宽慰似的拍了拍白泽的肩膀,"这件事怪我不怪你,我昨晚应该自己过去跑一趟的……"

沈世清这样一说,白泽心里就更加不是滋味。

昨晚沈欢榆打电话找的是他,他却推托了。

沈世清感叹道:"小泽,你爸爸虽然不在了,但沈伯伯会一直站在你身后,我们是一家人。沈伯伯希望,今后你和小榆能够相互照顾,她从小娇生惯养,受不得一点委屈,要是不对的地方,你这个当哥哥可以指出来,管束管束她……"

白泽连连点头,霎时感动得找不着北了。

白泽跟着沈世清去医院探望沈欢榆。

也就是一两个星期内,沈欢榆就进了两次医院,而且或多或少,都跟自己有关,白泽难免自责。

看着从小就喜欢的女生苍白着眉目躺在床上,手腕处缠着厚厚的白纱布,白泽不知道怎么办才好。

沈世清让他先坐,自己出去接个电话。

白泽闲着没事,从果篮里挑出一个苹果,拿起小刀一圈一圈地削皮。沈欢榆压在被子上的手动了一下,慢慢睁开眼睛,目光没有焦点地盯着白泽的方向。

白泽看她醒过来,蹲过去喊:"小榆……"按响了床头铃,通知护士过来。

沈欢榆过了几秒,恍惚地认出来面前的人是白泽,对他笑一笑:"我这是怎么了?"

白泽气极,又舍不得骂她,只好自己生自己闷气,"咔嚓"一声咬了一大口苹果。

医生和护士一齐涌进来帮沈欢榆检查,白泽让开床铺边的位置,趁机去买了点感冒药装在袋里。

他也真是操碎了心。

家里还有梅无尽病着,烧是退了,但感冒还没有完全好。一副精神恹恹的样子,提不起精神,话比以前更少了,快要把白泽一个人闷坏了。

沈世清太忙,临走之前拜托白泽帮忙先看着沈欢榆,不要让她继续胡闹,待会儿就会有人过来照顾她。

白泽满口答应。

病房里的人已经散了,沈欢榆靠在软绵绵的枕头上看电视,推销洗衣液和洗洁精的广告,主持人在里面吹得天花乱坠。

沈欢榆的魂不知道跑哪里去了,盯着屏幕发呆。

白泽觉得她这一失恋,安静不少,看来受到的打击不小。自己身兼重任,就想开导开导小姑娘。

白泽组织了一下语言,打好腹稿,学着八点档电视剧里的情节,像模像样地安慰人:"小榆呀,天底下三条腿的蛤蟆不好找,但两条腿的男人不是满大街嘛,你不要吊死在一棵树上嘛!千万不能往死胡同里钻!"

沈欢榆没听进去。

白泽忍着心痛,心说你怎么不喜欢一下我,正好我也喜欢你,咱们俩这不就皆大欢喜,双宿双飞了嘛。

但是有些话,就算憋出内伤了,还是不能说出来。

白泽尽心尽力,继续劝。沈欢榆今天非得将冷酷执行到底,白泽无奈之下只好说:"你前阵子不是还喜欢梅无尽吗,既然失恋了,就把那个臭男人忘了,一心一意地喜欢梅无尽,去买他的专辑和海报……"

说完,默默地淌泪,世界上怎么会有自己这么伟大的炮灰!

"我向梅无尽告白,被他拒绝了。"沈欢榆忽然出声。

"什……什么?"白泽的脑子转不过来了,"你是说……昨天拒绝你的渣男,就是梅无尽?"

沈欢榆点头。

"我以为他也喜欢我,就在绿茵酒店开好了房,然后打电话叫他过去了……"沈欢榆娇蛮任性,但性情比较单纯,也没什么心眼,这会儿俨然把白泽当成了知心哥哥,没有隐瞒,就把事情全盘托出。

"我、我想和他在一起,但是他拒绝了我!还说了很多过分的话!"

沈欢榆想起昨晚的情形,声音委屈得像要哭出来:"就算他不喜欢我,也没必要这样对我吧?"

白泽顺着她说:"你别管他!他那个人天生臭脾气!冷得像块冰,浑身上下除了长得帅没一个优点!"

沈欢榆见有人安慰,本来的一点点委屈瞬间如山洪暴发,大哭起来:"他骂我,他说我一无是处,没一个人会喜欢我……"

白泽在心里把梅无尽鞭挞一百次,这么说一个女生也太不厚道了。

"别哭了,我下次帮你骂回来!"

十几分钟过来,沈世清安排的人就到了病房。有人照顾沈欢榆,白泽就要先回 EME 了,魏琳的连环夺命 call 锲而不舍,又打了过来。

"魏琳姐,求放过!我现在马上回去,手机都快被你打没电了!"

魏琳不满地哼了一声,总算没骂人,只是说:"你要做好心理准备,梅无尽在舞蹈室等了你两个小时,等下你要是被削,我可救不了你。"

白泽这才想起,两个小时之前他收到了梅无尽的短信,叫他去排练新歌的舞蹈。

梅无尽作词作曲和玩乐器都很厉害,相较而言,舞蹈算是他的弱项。梅无尽很多时候会找白泽一起训练。

当时白泽陪着沈欢榆,只是看了一眼手机,不知怎么就鬼使神差地没有去管。

经过魏琳这么一提醒,才发现——晚了!来不及了!

白泽已经能够自行脑补出梅无尽冷着一张脸的样子,不禁缩了缩脖子,又撇撇嘴,故作不屑地说:"我才不怕他呢!打起架来还不知道谁输谁赢!"

魏琳见他死鸭子嘴硬,再补上一刀,说:"他身体不舒服嘛,这种时候估计看谁都格外不顺眼……"

白泽捏着袋子里的感冒胶囊,心发慌,却死也不肯承认。

"喊,怕什么,我还没质问他昨晚关于小榆的事情呢!"

白泽一路雄赳赳气昂昂,架势很足地赶到公司。输什么也不能输气势,先要把人给他镇住了。

梅无尽也只是个纸老虎。

白泽这样给自己洗脑,却在侧门的门口和梅无尽迎面撞上。小道旁一丛翠竹幽绿,葱葱郁郁地挡在两人的头顶,遮住了多半的日光。

"你昨天晚上干什么了?"白泽先发制人,一开口就是质问的语气。

　　梅无尽冷着脸反问他，颇为困惑："我昨天晚上干什么了？"他不太明白白泽问的是哪件事。

　　白泽见他这样的反应，顿时底气充足，因为爽约的心虚立即不见了，只剩下为沈欢榆打抱不平的心思，大声道："你干吗像个复读机一眼重复我的话？你昨晚干了什么自己不知道吗！小榆都因为你闹自杀了！"

　　白泽越说越气愤。

　　听到沈欢榆的名字，梅无尽的眉毛也一点点皱起来。原本没有表情的脸上，已经明显写上了"我不耐烦，你别惹我"几个大字。

　　只是白泽不识趣，偏要作死，继续为沈欢榆讨个说法："你就不能让着小榆一点？仗着她喜欢你了不起哦！"

　　梅无尽现在听到有关沈家的只言片语，心底的厌恶感就多一分。白泽还非要在他面前念叨，十个字不离沈欢榆。

　　梅无尽的忍耐力终于达到了极限。

　　"闭嘴。"他分明是平平淡淡地把两个字说出口，攥紧的拳头上却青筋暴起，泄露了他此刻极度暴躁的情绪。

　　白泽毫无眼力见，往老虎头上拔毛，大声说："闭什么嘴啊！我就要说！说你两句还不乐意了是不是？"

　　魏琳之前神预言过，说白泽要是有一天死于非命，十有八九是被他自己这张臭嘴给牵累的。

　　梅无尽忍无可忍，挥手一拳过去。

　　白泽不敢置信地睁大了眼睛，眼眶蓦然变得通红，像是不相信梅无尽竟然会动手打他。而实际上梅无尽没想过真的揍白泽,那一拳也只是吓唬,砸在白泽身后的墙壁上。

但男生之间就是这样,两个人在一起,一旦有一方先动手,另一方多半也不会忍着了。头脑一热,就拳打脚踢招呼过去。

两个人立即从拌嘴发展到肢体接触,直接打起来。

好在公司侧门位置偏僻,平常少有人走这边进出。再加上正是工作的时间点,这会儿没有人路过。只剩一排看热闹的青竹,在风里唰唰响,仿佛为两人擂起了战鼓。

但谁也不知道,竹丛后面躲着一个穿绿衣服的人,和周围的环境融为一体,隐藏得很好,不仔细看根本发现不了她在那里。

陶佩佩眼睛里闪着兴奋的光,把镜头一刻不松懈地瞄准了白泽和梅无尽,把他们的一举一动录了进去。

几分钟下来,两声身上都挂了彩。

白泽打起架来疯,像只发狠的小兽,没有分寸,拳头毫不顾忌地往梅无尽脸上送,三五下,倒是都没打中,但不知怎么指甲从梅无尽嘴巴上划了一下,戳破了皮,冒出点血来。

于是梅无尽唇边留下来一道小小的伤口。

容易惹人误会的伤口。

梅无尽打他却手下留情了,没揍他的招牌脸。但白泽也还是气得一时半会儿说不出话来,倚着墙气呼呼地喘气。

等缓过来,终于有力气说话了,他便一脸傲娇地朝梅无尽放狠话:"咱俩趁早散伙算了!哼!"说着掏出在医院为梅无尽买的感冒药,往地下一扔,还不解气,往上面跺了两脚,"老子不要跟你搞什么组合了!老子要把你甩了单飞!单飞!"

行为举止完全就像个没长大的孩子。

梅无尽看着他怒气冲冲的背影,忽地什么火都没了。

"真是的,干吗非要和他打起来,多让着他一点不就好了?"

梅无尽心里也懊恼起来。

白泽非常委屈。

尽管他还没弄明白自己这么委屈这么难受的根源是为什么,只要一回想刚才梅无尽率先朝他动手的场景,他心里就堵得慌。

在他的意识里,梅无尽扮演的角色已经无比重要。那个平常惯着自己的人,怎么能这样对他呢。

一遍一遍诽谤梅无尽,喝水塞牙缝,喝水塞牙缝,喝水塞牙缝……

又想起他身体还不舒服,昨晚才发过一场高烧,白泽立马心软。

哎,算了,还是别塞牙缝了,那样好难受……

**BAIYUN
WUJIN**

—— 第十六章 ——
原来是小两口闹矛盾了！

　　白、梅两人自从打架事件后，又一次陷入冷战局面。
　　他们谁也不肯先搭理谁。
　　比较吃亏的那一方是白泽。当他发现冰箱空了，并且一连空了三天的时候，他整个人都不好了。排练到凌晨一两点钟，他饿得肚子咕咕叫，习惯性地打开冰箱找吃的，里面只剩下清一色的苏打水，一把小白菜和两根胡萝卜，以及半瓶豆瓣酱。
　　而梅无尽则散步去了厨房。
　　只听见切菜和翻炒的声音不断传出，然后浓郁的香味慢慢飘出来。
　　白泽蹲在沙发上，手捧着豆瓣酱，勺子舀一点，伸舌头舔一舔，就这样干吃。只有咸味和辣味在舌尖上蔓延开来。打开手机视频，播放《舌尖上的中国》，看着里面漂亮的画面，望梅止渴。

梅无尽已经端着一盘香喷喷的炒粉坐在餐桌前，一边用iPad浏览白天的新闻，一边慢条斯理地吃着。

等梅无尽吃完了回房间，白泽再溜到厨房，发现锅里干干净净，连一粒萝卜丁都没给他留。

梅无尽做得真绝！

白泽站在仿佛还有香味缭绕的厨房里，一个人摸着肚子抓狂。连晚上睡着了做梦，大拇指也贴在嘴边上，好像随时会突然发疯一口咬掉。

白泽正为和梅无尽冷战闹心的时候，另外一个不速之客——徐长朗，找上门来了。

上次在L市，白泽便怀疑白继成的死和白家别墅失火的事，是徐长朗一手造成，但苦于找不到证据。

徐长朗突然来C城找白泽，这让白泽摸不清这是什么套路。

其实徐长朗只是来出差，顺道看看白泽现在生活得怎么样。他约白泽见面，白泽不予理会，他就直接找到公司来了。

白泽不想把事情闹大，弄得尽人皆知，终于肯出来见徐长朗一面。两人找了公司附近一家隐蔽性高的咖啡厅。

"你到底还有什么非要跟我说的！徐、叔、叔！"

白泽对徐长朗的态度非常恶劣，他这几天因为梅无尽着急上火，看什么都是不耐烦的，何况是他眼前的这位"杀人凶手"。

徐长朗有一张严肃脸，不说不笑，给人不怒自威，甚至有些凶狠的感觉。但他对白泽的话却并不在意，也没有生气的迹象，只是说："小泽，我来找你是想给你提个醒。

"你现在作为当红组合中一员,曝光率极高。连我这个从不关心娱乐圈的人,也都知道你。你和我都认为,你爸爸的死不是那么巧合的事,其中定有隐情,而我接管白氏,只是为了引出那个害死白父的人。

"当时在 C 城故意赶你走,是为了保护你。我不能让继成唯一的儿子也遭到毒手,从白家别墅无缘无故失火就能看得出,对方也想要置你于死地。

"现在你成名了,树大招风,你的存在越发会威胁到对方。那个凶手迟早会找上门来,你一个人在外面生活,万万要小心。

"以前我和你爸爸虽然时常意见不合,动不动就吵架,但我们一起经营公司这么多年,早就成为了可以托付生死的朋友,无论如何,我都不会害他。

"关于这一点,你应该选择相信我。"

徐长朗说完这一番话,白泽心里前所未有的迷茫。

他一直认定徐长朗是杀人凶手,想着变得强大了,将来有一天把他扳倒,替爸爸夺回他的公司。但现在,他却不确定了。

他真的可以相信徐长朗吗?

如果徐长朗不是凶手,那幕后黑手又会是谁?

白泽没有半点头绪,脑子里乱成一团麻,仔细想想,只觉得这件事像一个无底深渊,让他后背发凉。

白泽回到公司之后,越发努力地投入到训练当中去。每次都是一连三四个小时也不休息,他挥汗如雨,仿佛要借助高强度的动作,暂时忘记令他烦心的一切。

魏琳看见了，不解地问旁边的梅无尽："他到底怎么了？这几天你们俩到底怎么了？"

她指着梅无尽的嘴破皮的地方，问道："还有这个，你老实交代，是怎么回事？不会是偷偷跟谁谈恋爱了吧？"

魏琳脑子突然灵光乍现，脑补出了前因后果，说："是不是你私底下和哪个女艺人好上了，正在和女方激吻的时候，被小泽撞见了，打扰了好事。于是你们两个人开始冷战，所以这几天一个一个的都不太正常。"

"原来是你们闹矛盾了……"

梅无尽冷冷地看了眼魏琳，目光像锋利的刀刃，连话都懒得跟她说。

魏琳的手机上传出连续不断的提示音。她点开一看，脸色都变了，全然不复刚才开玩笑时的嬉皮笑脸。

梅无尽稍微低头，视线往下一扫，就看见魏琳手机上正在播放的视频，正是他和白泽打架的画面。

白泽把音乐声关了，见杵在门口的两人一脸凝重的表情，也顾不上和梅无尽正在闹脾气了，走过去一看，顿时爆了句粗口。

魏琳冷飕飕地看着他们俩，当红的SKY组合，视线落在梅无尽唇间的伤口上，突然御姐气场全开，皮笑肉不笑地说："原来都是自家人弄的，战况挺激烈的啊。你们俩可真够行的……在公司门口就能打起来，还被人录了像，你们俩怎么不去广场上打擂台呢？"

白泽："……"

梅无尽:"……"

白泽和梅无尽打架的视频短短几分钟之内,就被网友转发了上万次,还在不断地刷新着传播纪录。

"年度最甜密白、梅CP竟是炒作,两人貌合神离,早已无感情!"

"白泽另有所爱,痴恋女方数十年!"

"白泽为女友恼羞成怒,怒打梅无尽,两人感情支离破碎!"

"白泽主动要求解散SKY!"

"SKY组合日后将不复存在!"

各种各样的言论突然像轰隆的山雷滚滚而来,白、梅之间的新闻立即登上了微博热搜榜的第一位。各路记者闻风而来,EME公司门口被堵成了马蜂窝,挤得水泄不通。

公司立即召开紧急会议商量对策。

白泽万万没有想到,在短短的时间内,事态已经不可遏制。看着那些针对自己的评论,其中不乏直接谩骂,对他进行人身攻击的。他从来没有想过真正和梅无尽散伙,说出口的,只是一时气话。他替沈欢榆质问梅无尽,只是站在朋友的角度去声讨讨公道,他小时候喜欢沈欢榆,长大了之后还是有好感。但这种好感究竟能不能称之为心动,连他自己也没有认真想过。

他打梅无尽,是因为梅无尽先动手,他愤怒之下的生理反应,心里溢满出来的委屈。

但这个世界就是这样的,光鲜亮丽的背面,是充斥着黑暗的荒原。舆论暴力,道德绑架,盲目从众跟风,无限度地曲解你的想法,越来越多的人自以为是，以为真理就掌握在自己手中。

仅仅只是一天一夜的时间，公司就收到了来自全国各地，甚至从海外发来的抗议邮件。有的直接把血书寄来了公司，要求官方针对那段视频给出一个合理的解释。还有的粉丝拉着横幅，到公司楼下绝食抗议求说法。

白泽对这一切，还全然不知。

他失眠了一个晚上，早早地爬起来坐在沙发上发呆。梅无尽下楼梯的时候，只看见偌大的客厅里一个黑乌乌的人影，动也不动地缩在那里。

"你是一晚没睡呢，还是这么早就醒了？"

这还是冷战之后，梅无尽第一次主动开口找白泽说话。

白泽愕然，反应迟钝地说："我昨天晚上睡不着。"

梅无尽在他旁边坐下，又说："还想着那段视频的事？"

"嗯。"白泽点头，外面天还没完全亮起来，晨光熹微，他的两个黑眼圈在白净的皮肤上格外显眼，"我都不想出门了……"他这会儿刺全软了，都收起来，像只软骨头的猫，没了半点脾气。

梅无尽揉了揉他的头发，帮他顺毛："别担心，都会过去的。"

说到底，这次的错应该归咎到他身上。他才是那个率先伸出拳头的人。

只是从视频看上去，他处处忍让白泽，而白泽却完全不管不顾，每一下都是来真的。再加上到最后白泽身上只是衣服乱了，看不出伤，而梅无尽嘴边却明显出了血。这才会引起梅粉的愤怒。

"对不起。"

沉默中酝酿出的道歉,突然说出口,不知怎么,居然有点温情的味道。白泽反而不好意思起来。

他本来就是孩子心性,又吃软不吃硬,闹脾气和原谅都是一瞬间的事,不会放在心上。现在听梅无尽这样说,自己也开始反思了。

"我也对不起。"

白泽说:"我好像老是因为小榆的事跟你吵架……其实是因为她喜欢你,不喜欢我,我嫉妒你,才会这样的……"

梅无尽好笑,眼睛微微弯起来,调侃地说:"我还值得你嫉妒啊?你不是常说自己美貌天下第一,宇宙无人能敌吗?"

"哼,我本来就是!我只是看见你,偶尔会不自信一下。"

"那我还真是感到——荣幸之至。"

"你可别得意哦,我可没承认你长得比我好看!"

"嗯。"

"你'嗯'是什么意思?"

"就是你比较好看的意思。"梅无尽偏头,认真看着白泽,"你非要我说出来吗?"

白泽的脸霎时从里红到外。

两人靠得近,他感觉梅无尽的呼吸都轻轻地呵在耳边。

"啊啊啊啊啊啊啊啊啊……"白泽倒在沙发上,把脸埋进抱枕里。

"你这又是怎么了?"梅无尽茫然地看着他忽然不太正常的举动。

白泽闷声说:"你赶紧离我远点!要十米远!"说话也不肯抬起头了。

梅无尽彻底无奈了，明明上一秒还好好的，这又是发什么疯呢？难道是被夸得不好意思了？这家伙什么时候脸皮这么薄了？

"好了，我去做个早餐，待会儿咱们一起去公司。"梅无尽说。

白泽胡乱冲他挥挥手，意思是你赶紧走吧，赶紧走吧。

等厨房那边的声音响起，白泽确定梅无尽已经没在客厅了，才仰起头舒了口气，双手使劲给自己扇风散热。

这样一闹，心里倒是没有之前那么郁闷了。

白泽揉揉眼睛，打了个哈欠，睡意袭来。

梅无尽在厨房，背对着外边，却像后背长了眼睛，头也没回就说："现在别睡，先吃点东西，等会儿去了公司再说。"

"哦……"

两人吃着简单的早餐，魏琳正一路像被藤原拓海附身一样飙车过来，按门铃的时候就像在疯狂地打地鼠。

白泽开门，一脸天真地问："魏琳姐，你家今天被打劫了呀？"急成了这样。

魏琳差点一口血喷出来："你们俩为什么不接电话？"

白泽摸摸口袋，说："手机好像忘在房间了。"

梅无尽咽下嘴里的面包，摸摸口袋，说："好像也忘在房间里了。"

魏琳立即呼吸不顺畅了，河东狮子吼："我把你们俩电话都打爆了！"

"你们倒好，都把手机忘房里了，两个人都在楼下，搞什么搞！老娘急得高血压都上来了！"

白泽和梅无尽齐刷刷沉默了一秒。

　　然后白泽推着魏琳去餐桌前坐下，大公无私地把自己的那杯牛奶让给了她："消消气，你说你一个姑娘家，还没嫁人呢，不要随口就老娘老娘的，你也还不老，也就是看上去有点憔悴……"

　　"白泽！"魏琳火气到达一个临界值，马上就要火山爆发。

　　"到！"

　　"你要是再敢回一句嘴……"魏琳深呼吸，恶狠狠地说，"我立马扑过去亲梅无尽！"

　　"啥？"

　　白泽吓得一愣，身体往后一仰。

　　魏琳说："到时候你可别乱发脾气……"

　　白泽怒了，推开椅子，一把站起来："你敢！"

　　等一下，白泽看看魏琳，又看看梅无尽，自己刚刚做了什么？干吗……这么激动啊？搞得好像自己很在乎梅无尽一样……

　　白泽顿时尴尬了。

　　魏琳小小的报复得逞，得意地冲着白泽笑了一笑，终于解气了，心里说："小样儿，跟姐姐斗，还嫩了点！"

　　作为从始至终的旁观者，梅无尽收拢了唇边若有似无的笑意，适时地站出来结束这场内部纠纷。转移话题，问魏琳："这么急找我们有什么事？"

　　一边问，一边若无其事地把自己的半杯牛奶推到白泽面前，看着他仰头咕噜咕噜地喝下去。

　　"你们这副腻歪的样子，SKY能解散得了才有鬼！"魏琳感慨，接着说明来意,"我过来通知你们,今天就不要去公司了。你们俩暂时不要露面,粉丝把公司门口都堵住了,公司方面正在想办法解决问题。要是你们贸然出现,很可能会引发混乱,所以暂时就待在家里不要外出,也不要被任何人又拍到任何照片……"

魏琳的神情严肃起来,她说:"小泽、无尽,这次可能比你们以往经历的每一次事态都要严重。特别是小泽,现在网络上的大部分言论都是不利于你的,你要做好心理准备,一定要用一个好的心态面对……"

白泽一怔,说:"嗯,我知道。"

第十七章

你……你真的是因为看上
人家了，所以才对人家好？

打架视频曝光后的第三天，白泽和梅无尽因为半个月前预约了业界的金牌唱片制作人，要和人家见面，商定专辑的风格走向，这时候不好爽约，只能全副武装地出门，悄悄潜入EME。

经过几天几夜，来公司门口示威的粉丝已经不多了，但还是有部分偏执的，因为迟迟没有等到白泽和梅无尽出面解释，便一直举着横幅和大字报守在大楼门前的台阶上。

白泽伪装成路人路过，看到这场景心里就如同被大马蜂蜇了一下。

尽管魏琳再三嘱咐，他也确实做好了心理准备，但是面对着强大的舆论轰炸，听到无数个声音在叫他滚下台，离开SKY组合，白泽还是不可避免地难受起来。如今亲眼见到横幅上鲜红的声讨他的大字，再怎么装作不在乎，也笑不出来了。

"别看……"

一只手捂住白泽的眼睛，梅无尽低沉的声音响在耳边："既然那些都是不好的，那就不要看了……"

梅无尽走在外侧，揽着白泽的肩膀，带着他从公司的侧门进去，好在没有人注意到他们。

"他们喜欢一个人和讨厌一个人，都这样轻率吗？"白泽小声问梅无尽。

梅无尽听出他声音里的失落和难过，想了想说："有的人喜欢和讨厌都轻率，但也有人喜欢得很认真，会一直都在。他们一如既往地喜欢你，并没有因为流言蜚语就离开你，这样想想，是不是应该觉得开心？"

"我以前怎么不知道，你这么会安慰人？"白泽翘起嘴角笑了一下。忽然想起在微博上看到过的，梅粉们讨论梅无尽，说他是个冰山暖男，身上有种很萌的反差感。

似乎，真的是这样。

白泽被粉丝认出来，纯属巧合，是天意。

他随着梅无尽都快要走过那一段小路，眼看着只差几步路就要从侧门进去了，后边来了几个搞维修的工人，一下子把石子路堵得拥挤。

白泽被其中一个人撞了一下，头上的帽子轻易地掉了下来。

被撞也就算了，原本可以装作若无其事把帽子捡起来，再偷偷溜走就是了。偏偏撞人的大叔太厚道，操着一口山东口音大声道歉："小伙子，真是对不住啊，你没事吧？"

独特的发音把就近的几个粉丝的目光吸引过来，顿时就发现了目标，指着白泽疯狂地大叫：

"白泽！"

"白泽！梅无尽！"

场面变得不受控制，EME 公司的安保人员还没意识到发生了什么事，只见一大拨人百米冲刺一样往公司偏僻的侧门方向冲。

肇事的大叔不明所以，吓得脸都白了，被同伴拉着赶紧逃走了。白泽和梅无尽却在片刻之间就被包围起来。

其实如果要马上逃到 EME 的大楼中去，还赶得及。

但是被人发现了之后，还这样逃逸，没有任何一个交代，白泽觉得说不过去了。

不如就面对面地应对好了。

他索性把帽子摘了，墨镜和口罩也都取下来。阳光之下，露出一张白玉无瑕的脸，透着微微的稚气。澄澈的眼睛大而明亮，像高原之上无人之境中的湖泊。他还没有开口，梅无尽站到了他的面前。

白泽一怔，梅无尽已经抢先一步说："我知道，这几天大家都在为网络上我和阿泽打架的视频担心，其中有各种各样的猜测，猜测我和阿泽的真实关系，猜测阿泽是不是真的有女朋友了，和我纯属 CP 炒作，很多人都在指责他，为我打抱不平。

"但我今天想告诉大家的是，那些猜测都错了，打架先动手的那个人是我，有女朋友的人也是我。

"非常抱歉，一直以来没有向大家说明情况。接下来的一段时间，我会好好反省，暂停手上的工作。"

白泽不敢置信地看着梅无尽，不敢相信自己耳朵所听到的。

　　他离梅无尽贴身站在一起，犹如相互依靠的姿态，手臂上传来对方的温度，融为一体，分不清究竟是谁的皮肤上分泌出了潮湿的汗液。

　　"梅无尽，你是不是疯了？"
　　"没有关系，相信我，一切都会过去的。"

　　预料之中的，Boss 暴怒。
　　廖洪川亲自打电话给梅无尽，让他去办公室一趟。听那语气，简直恨不得把梅无尽毒打三百大板，再扔进荷花池。
　　白泽和魏琳站在旁边，一脸凝重地望着梅无尽。
　　"魏琳姐，你先带阿泽去和制作人继续谈专辑的事，不要放人家鸽子。我去廖总办公室，不知道会要多久，完了我自己回小芙山，你们不用等我。"
　　白泽还想再说什么，但关键时候嘴笨，搜肠刮肚也找不到安慰的话。
　　梅无尽见他纠结的模样，反倒笑了，也不说话，就看着他纠结，这样似乎心情就好了不少。
　　"那你早点回来。"白泽终于挤出几个字来。
　　"哈哈哈……"明明是无比严肃和沉重的气氛，魏琳的脸绷得紧紧的，这一秒突然就笑出来，指着白泽说，"你刚刚的样子，好像梅无尽家的小媳妇啊……"
　　"闭嘴！"白泽咆哮，脸上薄怒，表情又生动起来。

梅无尽见他和魏琳闹着，无声把门带上。

EME的老大廖洪川和知名导演李辛，对于梅无尽来说有知遇之恩。特别是廖洪川，代表EME签下梅无尽之后，对他照顾有加，努力挖掘他的天赋。

他本是他最看好的新人。

如今他让他失望透顶。

"梅无尽，你是不是以为这个圈子少了你不行？我告诉你，你就算个屁，今天还有大批人叫嚣着骂你、损你，过个一年半载，他们连你名字都想不起来了！

"你现在仗着人气高，敢强出头，等你身败名裂，你就什么都不敢了！"

虽然白泽和梅无尽同是公司旗下的艺人，但廖洪川是偏心梅无尽的。如果非要舍弃一个，他自然是选择白泽，而保住梅无尽。

但事态发展到如今，不是他所能控制的了。

廖洪川想到这里，越发愤怒，恨铁不成钢。

"你到底长没长脑子！你和白泽感情再好，但至于要替他背黑锅承担一切吗？人心是会变的，尤其是干你们这一行的，上一秒还推心置腹，下一秒说不定就踩着你的肩膀上位了，被踹下来的那个人将会是你！你替白泽强出头的时候，到底有没有稍微考虑过你自己？"

廖洪川头顶冒烟，骂了半小时，嘴巴都干了，最后还是不解气，皮鞋狠狠踢了一下办公桌的桌角。

梅无尽什么话也没回，全程沉默地听着。

只有到最后走的时候，拉开了办公室的门，又退回来，认真地说："阿泽不会那样。"

人心是善变的。上一秒还推心置腹，下一秒就推你入深渊，尤其是在这个鱼龙混杂的圈子里。

但是他知道，白泽不会这样。

廖洪川叉着腰站在窗户旁喘粗气，好不容易缓和了情绪，一听这话，脸又变成调色盘。

接下来，梅无尽面对是无数的白、梅CP粉转黑，之前的高人气不复存在，谩骂和质疑的声音占了绝大多数。剩下小部分坚定地喜欢着他的死忠粉，纷纷被骂是脑残，在一波波的抨击下，喜欢梅无尽的人越来越少。

品牌解约，通告暂停。

步履维艰，说的就是梅无尽现在的状态。

而他身边的那个家伙，一个人死撑着，说什么也不肯答应解散SKY。许多活动，白泽都以组合的名字去参加。

他站在台上说："大家好，我是白泽，我们是SKY。"

他的身边，留着梅无尽的位置，尽管他孤身一人站在舞台中央。很多白粉不理解他的这种行为，他解释不清，只怕会添乱，也就不去解释。

有一个名叫"糖炒栗子"的网友在一个颁奖典礼的现场拍了一张白泽独自出席活动的照片，在微博上发了出来，她配上文字说："从来没有见过这么孤独的阿泽。"

很多人都难过起来。

梅无尽也看到了那天微博,他看着照片上的少年,穿着银白色的小西装,染了亚麻色的头发,直挺挺地站在镁光灯前,像一棵坚韧不拔的小树。他锋芒初露,正在慢慢长大,总有一天会有成为最耀眼的存在。

梅无尽这样想着,觉得自己所做的一切,承担的一切,都值得了。

那天白泽回来得很早,一进门就开始找梅无尽:"我回来了!"

他扑倒在沙发上,头想梅无尽靠过去,一眼瞄到梅无尽放在膝盖上的笔记本电脑,看到"糖炒栗子"发的微博图片,摸摸鼻子,"啪"的一声把笔记本给合上,冲梅无尽凶巴巴地喊:"看什么看!"

"有什么好看的,还不就是我!"他把脸贴近梅无尽,特别不要脸地说,"真人在这里呢,照片还能帅过我?"

白泽说这话的时候,其实很慌。他不知道,那些出席活动的照片被梅无尽看见了,梅无尽是不是会觉得难过。

白泽对梅无尽,心里是愧疚的。

也大概是因为愧疚,他变得越发缠人,一有时间就在梅无尽面前晃荡。

他像一个做错事的孩子,不知道怎么弥补,才能得到大人的原谅,尽管梅无尽从来没有怪过他。

"喂,梅无尽,你揍我吧。"这样的傻话,时常会无厘头地突然从嘴里蹦出来。

梅无尽把手背伸过来，漫不经心地探了一下他的额头，问："脑子又烧坏了？"

"靠！我说认真的，你就不能配合我也认真点吗？"

梅无尽瞥了他一眼："好吧。"说着放下手里的杂志，眼也不眨地看着白泽，意思是我这样够认真了吧？

"接下来要我怎么办？"

"揍我！"

"左脸还是右脸？"

"天哪，你不会是真的想揍我吧？"

"……"

白泽脸上夸张的表情赛奥斯卡影帝，梅无尽实在不想陪他胡闹下去了："咱能不能换个话题？"

不知道为什么，像喝醉了，头顶的灯盏仿佛在摇晃。

"那就换一个……"白泽挠挠头发，懒洋洋地问，"喂，你干吗对我这么好？"

"有吗？"梅无尽反问。

"嘿嘿，不要不好意思呀……"白泽手枕着脑袋，眼睛里满含戏谑，侧身看着梅无尽，"你不会是看上我了吧？"

本以为会立即得到否定的答案，外加一个栗暴，但梅无尽好像还认真地想了想，才说出一个语气词："嗯。"

白泽努力向往演技派发展，立即配合，做娇羞状，声音放软："你……你真的是因为看上人家了，所以才对人家好？"他说完，自己愣了一下。

梅无尽也愣了一下。

然后一齐打了个冷战，一阵恶寒。

"呕——"

白泽搓搓身上的鸡皮疙瘩："靠，恶心死老子了！"

梅无尽看着身边这个又笑又闹，还能随机应变自导自演的家伙，庆幸他经历这么多的事情之后，还是当初的模样。

"阿泽，其实我们以前见过的……"

"嗯？不会吧？"白泽撑起身体，"什么时候？"

梅无尽说："小时候。"

白泽更加茫然，仔细回想，全然不记得了，没有丝毫的印象，说："喂，你不会是骗我的吧？"

"在 C 城的慈明儿童福利院，我们见过。"

梅无尽自懂事起，就生活在那家福利院，他是孤儿，被父母抛弃的孩子。自幼养成沉默寡言的性格，不合群，也不讨人喜欢。

身边的几个孩子纷纷被人领养带走，他始终一个人在后院不起眼的角落里听一盒旧磁带。院长阿姨曾送过他一个生日礼物，是二手的随身听。他平时靠捡垃圾或者偷偷出去帮餐馆洗盘子挣钱，买来磁带和一副耳机。

他大概是那时候开始喜欢音乐的，各种各样五花八门的歌，有什么听什么，从来不挑拣，慢慢跟着里面学唱，把握旋律和节奏，天赋使然。

暮色四合的黄昏，万籁俱寂的深夜，天光熹微的清晨，他哼着"一转眼青春如梦，岁月如梭不回头"，小小年纪，还不明白歌词中百转千回的沧桑，不懂里头的意境，却能唱得很动听。

他唱得比很多电视里的童星都要好，但他缺少一个观众，从来没有人告诉过他："嘿，你唱得真好听啊……"

直到后来的某一天，他遇到了生命中的第一个观众。

梅无尽始终记得，那天中午刚下过一场大雨，马上又转晴，太阳从云层后面钻出来，池塘水面波光粼粼，有点刺眼睛。

院长阿姨突然组织大一点的孩子打扫卫生，梅无尽被安排了捡树叶。墙角的三棵梧桐树之间，是他负责的区域。

地面还没有完全干，满是泥泞，一脚深一脚浅地踩下去，鞋子变得越来越重，底下沾了了厚厚一层泥。他有点狼狈，双手抓满了枯黄的叶子，袖子口也脏兮兮的。

光看一眼，眉头就紧紧地皱起来。

他听到笑声，"咚咚咚"急促的脚步声，越传越近，一个穿着天蓝色小衬衫和牛仔背带裤的男孩，哼着歌跑过来。

梅无尽不由得打量面前比自己矮了一个头的男孩。

完全陌生的面孔，不是福利院里熟悉的人。从衣着打扮来看，也和自己身上洗得发白的衣服有很大的不同。

"喂，你在干什么呀？"清脆的童音。圆溜溜的眼睛盯着小无尽手上的叶子。

"你刚刚唱的是什么？"梅无尽却这样问他。因为是从来没听过的曲子，好奇心被激发出来。

"啊，我也不知道，昨天老师教我们唱的，我忘记叫什么名字了。"

小手捧着脑袋使劲想，但是好像怎么也想不出来。

"你再唱一遍，我跟你学。"

"好呀！我当你的小老师！"

两个孩子，矮个儿的唱一句，高个儿的学一句。唱完之后，矮个儿的对高个儿的说："你怎么唱得比我们老师还好听喔？"

"你再唱一首给我听好不好？"

这是孩子之间最诚挚的夸奖，纯粹又直白。

梅无尽不记得那天自己究竟唱了多少首，但站在他身边认认真真听他唱歌的孩子，眼睛里闪闪发亮，仰头看着他，满满的崇拜。

那个时候，他还不知道心里的那种感动如何形容。只是已经坚定着，会继续这样唱下去。

后来再见面，是在 C 城，EME 公司。

当年第一个听他唱歌的孩子和同伴勾肩搭背地笑着，迎面走来，梅无尽一眼便认出来，只是白泽却已经认不出他。

白泽听梅无尽说完，有了点印象。

爸爸白继成工作之余，喜欢做慈善。白泽小时候爱玩，常常跟着爸爸在外边跑，所以白继成参加一些公益活动的时候，会带上他一起。

慈明儿童福利院的名字是无论如何再也记不起，但是曾经在后院里偶遇过一个男孩，并且当了一回小老师，教对方唱歌的事情，仔细想想，仿佛真的隐约有点印象。

"哎呀，这么说来，你是因为我才一直坚持下来，没有放弃音乐梦的啊？"轻飘飘，带着无限得意的声音。

"少臭美。"

"不要不好意思嘛,来,小尽,我再来教你唱一首歌好不好?"

"滚。"

"你怎么能这样忘恩负义!竟然叫老子滚,老子偏不滚!"

梅无尽扶额。

果然啊,某人就是容易得寸进尺。

把这段回忆说出来之后,也不知道是不是在自找麻烦。看着面前那样嚣张的笑脸,真的好想一拳揍过去。

"还有一件事要告诉你。"梅无尽说。

白泽由于这个晚上听到了自己和梅无尽小时候居然见过的大秘密,对八卦抱有了极大的热忱,满脸兴奋地凑过去:"你是不是又要爆猛料了?"没点耐心地催促,"快说!"

"以后不要和沈欢榆走得太近,"梅无尽说,后面是重点,"不要太相信沈世清。"

"为什么?"白泽不能理解。

自从白继成去世以后,沈世清对白泽尤其照顾,把他当作自己的亲人一般在对待。白泽和他的联系也没有间断,沈世清偶尔还会亲自打电话来问一问白泽,看他有没有需要帮忙的地方。

梅无尽却笃定地说:"他并不如你想象中的那么真诚和温暖。"

白泽还是觉得不能轻易接受。

"怎么什么事都得和你说得一清二楚,你才肯听我的话呢……"梅无尽叹了口气,补充道,"沈世清是我的亲生父亲。"

白泽一脸的不敢置信。

梅无尽说:"我在孤儿院生活,一直不知道自己的父母是谁,也没有想过要去找他们。直到有一天,一个叫林笛爱的女人找到了慈明福利院,她自称是我妈妈。我被她带回去,和她一起生活过一段时间。

"她为人散漫邋遢,家中什么东西都是可以随手扔来扔去的,只有一件东西,她十分宝贝。那是一块老式的怀表,怀表盖内嵌着一张相片,相片里的男人就是沈世清。我曾经怀疑过林笛爱与相片中男人的关系。

"直到长大以后和沈世清见面,我们相互试探,怀疑对方的身份。不久前,沈世清拿到了我的DNA样本,做了亲子鉴定,他告诉我,我和他的确是父子关系,并且希望我能回到沈家。

"我和林笛爱一起过生活的时候,经常听她抱怨,她说自己年轻时不懂事,被这个负心薄幸的男人骗得团团转,偏偏自己贱,现在还放不下他。

"沈世清在业界以'儒商'自称,作风检点,从来都是以正面积极的形象示人,但实际上并不见得有多光明正大,从林笛爱这件事上就能看出来……"

白泽听后沉默不语,关注的点却是:"那后来呢?你被领回去之后……"

"后来林笛爱只坚持了不到半年,她的积蓄花光,生活越发穷困潦倒,有一天夜里就突然失踪了。我第二天起床发现,屋子里只剩下我一个人,我等了一个下午,知道她不会再回来,于是自己回到了福利院,恢复了以前的生活……我再也没有见过林笛爱。前不久沈世清私底下找过我几次，大概是因为我和林笛爱长得很像，他对我的身份也有怀疑。后来直接提出去要去做亲子鉴定的想法，我答应了。"

　　白泽震惊，不能理解："为什么要答应呢？"

　　梅无尽说："如果不答应，他会总来纠缠。再说，我也想知道究竟啊，我毕竟也有好奇心，想知道自己的父母到底是谁……这是人之常情，并不奇怪吧？"

　　白泽问："亲自鉴定的结果证明你和他确实有血缘关系？"

　　梅无尽点头默认。

　　白泽鼻酸，替梅无尽打抱不平："天底下哪有他们这样的父母？一点都不靠谱！"

　　梅无尽倒已经不太在意，说："我的意思主要是想告诉你，不要太过于相信沈世清，知道了？"

　　白泽还沉浸在梅无尽的身世之谜中，十分不解释地闷哼了一声："知道了！你真是烦死了！"

BAIYUN
WUJIN
—— 第十八章 ——
梅无尽,你再这样,我就离
家出走了噢……

梅无尽的风波还没有完全褪去,受其影响最大,一个是白泽,另一个却是沈欢榆。

她同样被拉下水。

梅无尽当时为了保护白泽,声称自己已有女友。于是他口中的女友便成了大家又一疯狂猜测的对象。娱乐圈内与梅无尽扯得上关系的女星被轮番猜测了一遍,还有的不是圈内人士,也不能幸免。比如沈欢榆。

视频中白泽频频提到"小榆"这个名字。各路人马抽丝剥茧,查到沈欢榆头上是迟早的事。

而且沈欢榆行事张扬,对梅无尽的喜欢可谓痴狂,她的每条微博基本都与他有关,或者会@梅无尽。

她被卷入其中，也不无辜。

最近各种社交网站上关注她的人越来越多，多半就是冲着梅无尽这件事来的。不少人私信她，或是在她微博下面评论，询问有关于她跟梅无尽的事情是不是真的。

诸如此类问题，沈欢榆也装聋作哑，从来不回答，也算是默认了。

她甚至有点暗暗窃喜，想要将错就错，任由人去误会。

而沈欢榆也因为这个事情，终于有了一次约梅无尽见面的机会。

她说要见梅无尽一面，商量一下如何应对那些八卦，因为自己完全没有处理的经验，所以希望和梅无尽统一好说辞，避免日后再穿帮。

梅无尽闲下来的时间里，开始着手创业的事情。他还是EME旗下练习生的时候，就有过这样的想法，但一直没有机会去做这件事。现在有大把的时间和精力，他就重新燃起了这个想法。

梅无尽正在和台湾的一位经销商谈事情，接到沈欢榆的电话，也颇感意外，只好说："我现在不在C城，等我回去再商量可以吗？"

沈欢榆听他难得温和的语气，尽管依旧平淡，但不比以往冷漠，当即喜笑颜开，十分高兴地说："那好啊，我等你回来！"

这话听在身后跟踪的狗仔耳里，可不像是那么回事。越发坚定沈欢榆和梅无尽的关系不一般。

梅无尽跟未来的合伙人握手谈妥了，临走时，对方忍不住调侃道:"刚刚是跟女朋友打电话吗?态度可要好点,不然她可就跟别人跑了。"

梅无尽一愣,也不解释,任由对方误会。

脑子里第一时间想到的竟然是白泽,因为生活中偶尔的小分歧,那家伙最近越来越喜欢把威胁他的话挂在嘴边。

练舞练到一半想吃水果,自己懒,不肯去厨房,直接打电话给楼上的他——"喂,梅无尽,你去帮我洗葡萄好不好?"

阳台上的衣服从来不自己收——"喂,梅无尽,好像要下雨了哎,你快去收床单!"

偶尔有空闲的宝贵时间去打游戏,肚子饿得咕咕叫,坐在地板上也不会动弹——"梅无尽,我好饿,好饿,好饿,饿,饿,饿!"

不想收拾房间,就直接抱着被子冲进梅无尽的卧室,霸占一半以上的床铺,睡之前必定嚷嚷:"下次你拖地的时候,记得顺带把我房间也弄干净噢,再顺带稍微整理一下就更好了……"

上述情况如若不能被满足,他动不动就是:"梅无尽,你再这样,我就离家出走了噢……"

越来越——无法无天了。

"合作愉快。"

"合作愉快。"

梅无尽站起身和人握手,终于达成合作,脑子里一瞬间闪过许多关于白泽的"不良行迹",嘴角不觉带了浅笑。

他坚持着音乐梦,但不意味着他要放弃其他的商机。梦想需要金钱保驾护航，这是永恒的定律。

　　沈世清这两年来开始向娱乐圈投资，看似是为了支持白泽的事业，但梅无尽觉得事情并不像表面上看到的那样简单。为了不受制于人，他只能努力改善这种情况，建立原创的护肤品牌，Tellins。

　　他倾尽全力想守护一个人。

　　那天沈欢榆和梅无尽通过电话之后，网络上爆出大量的关于他们两人的八卦新闻。之后两人见面，又被狗仔全程追踪，拍到很多照片。还有沈欢榆在小芙山的别墅也被扒出来，和白、梅家的别墅放在一起，引发了各种猜测。

　　"梅无尽女友曝光，确定是沈家千金大小姐无疑。"

　　"梅无尽新欢，竟是白泽旧爱。"

　　"沈家小姐曾是白泽小青梅，现今劈腿梅无尽。"

　　"……"

　　一时之间，沈欢榆和SKY组合两位成员之间的关系成为了网民热议的话题。想必于前段时间的和风细雨，这场风暴对于沈欢榆来说已经快要不能招架。《都市新快报》和《全民娱乐周刊》等畅销报纸和杂志上，连续好几天把这件事作为头版头条刊登出来。

　　沈欢榆的个人信息在网络上早已被公开。她现在遭受的不再像是之前小部分网友提出的质疑，而是上百万白梅CP粉的攻击。

　　他们发出声讨，强烈要求沈欢榆离开梅无尽。

　　"梅无尽是白小泽的！姓沈的赶紧滚蛋！"

　　"梅无尽劈腿是渣男，你不要脸贴上去就是贱女，天生一对配配配（呸呸呸），但老娘还是要拆散你们！就是看不惯你们在一起！"

"还我SKY！还我白梅完美CP！"

"你和白泽不是青梅竹马吗，那你怎么还好意思抢他的梅无尽喔！鄙视！哼！"

……

六月飞雪，沈欢榆比窦娥还冤。

她起初以为将错就错，任由大家误会，能够拉近她与梅无尽之间的距离，反倒称了她的心。没有料想到事态的发展会这样不受控制，一发不可收拾。

她不敢再开电脑、玩手机，不敢登录任何社交界面与人交流，或是浏览信息。

一向张扬跋扈，无所畏惧的沈欢榆也开始抑郁起来。

但她真心实意喜欢梅无尽，这并没有什么错。她也固执地不肯出面澄清。

这样做越发让人以为沈欢榆和梅无尽真的有在交往，连沈世清也相信了。

沈世清直接放下生意，特地从外省飞到C城来，对着沈欢榆发了一次雷霆怒火。从来没有骂过女儿的男人，儒商名声在外的男人，差点动手打人。

"我绝对不允许你和梅无尽交往！"他不由分说，斩断了沈欢榆心里的一丝侥幸。

"凭什么？"沈欢榆对自己爸爸的说辞表示了质疑。

"没有为什么,我说不行就是不行!梅无尽不适合你。"

"可是我喜欢他!我就是喜欢他!我这辈子都只喜欢他!"

"啪"的一声脆响,沈世清的巴掌刮过沈欢榆的脸颊,两个人均是一怔。

沈欢榆捂着脸,头偏向一边。

沈世清一改慈父的儒雅面目,朝沈欢榆骂道:"梅无尽是你亲哥哥!你怎么能和自己哥哥谈恋爱!"

沈欢榆发疯似的大叫:"你骗我!这怎么可能!这不过是你随口编的谎话,我才不会相信!"

她说着说着,痛哭起来:"你不过想要利用我和李家联姻,我不会答应的,我这辈子只和自己喜欢的人结婚。我就喜欢梅无尽怎么了?我没杀人没放火,凭什么因为你们反对我就不能喜欢他了?我凭什么要得到你们所有人的同意?"

她想到这些,觉得很伤心。

再想到梅无尽其实并不喜欢自己,一直以来都是她一厢情愿,就更加伤心了。这辈子的眼泪好像要耗尽在这一刻,这辈子所有的难过加起来都抵不过这一刻。

沈世清到底还是不忍心,面前哭得喘不过气的是他宠了二十来年的女儿,声音不觉软下去:"不是想要瞒着你的,我也是最近才知道。我和他妈妈以前是同学,曾经在一起过,但是我并不知道我们分手的时候她已经有了孩子。我从来都不知道梅无尽的存在。直到后来见面,我发现他和他妈妈长相相像,这才找了人去调查,发现梅无尽的确是我的儿子。小榆,他真的是你哥哥。"

沈欢榆消沉了几天,关在别墅里没出门。在沈世清耐心耗尽,抓她回L市之前,她却自己想通了,说要去英国留学。

沈世清只要她不纠缠梅无尽,不说要和梅无尽交往就好。沈欢榆提出要走的决定,他也算如意了。

决定做得匆忙,行动起来却快。

沈欢榆收拾好一个不大不小的卡通行李箱,背上双肩包,就可以出发了。学校会由沈世清后续替她安排好。而她要做的,只是尽快离开这座令人伤心的城市。

沈欢榆去机场之前,想到要给各路狐朋狗友打电话报备行程。但最后想了想,她只通知了白泽。

白泽在电话那头说:"你在机场?我来送你,马上来!"

"如果很忙的话,就不用了,我一个人可以。"

白泽很难想象这话是从沈欢榆口中说出来的。为别人着想,不单单考虑自己,懂事……这都是以前不会出现在沈欢榆身上的特质。

突然一齐涌现,让白泽觉得不可思议,他说:"我现在不忙,可以从公司赶过来,要不了很久。你等着,我马上会过来。"

白泽赶到机场,沈欢榆就快要登机了。留给他们告别的时间的确有点短暂。

沈欢榆剪了一头清爽干净的短发,染成浅浅的酒红色,阳光透过巨大的玻璃窗笼罩在她身上,整个人染上了温暖的感觉。

"小泽,这边……"沈欢榆大声道,朝白泽挥手。

白泽一路赶过来,上气不接下气地喘:"你……怎么突然想到要去留学啊?"

"浪子回头金不换,我想通了呗!"沈欢榆笑道,"大好时光,我当然要好好把握,努力读书呀!"

白泽也不知道她这话几分真几分假,但是看见她现在的状态也不差,鼓励她说:"这样也好,出国给自己镀一层金,多学点东西再回来。"知道她有太多难开口的事情,那么就不问,时间总会冲淡一切。

"行了,那我走了。"

"嗯……什么时候回来呢?"

"还不知道,说不准的。要是在国外看见小帅哥了,就赖在那边不回来了也说不定哦,哈哈哈哈……"

白泽听她开这样的玩笑,心里平静如水,也不会觉得难受了,好像是在不知不觉中真的释怀了。从小暗恋的女生,如今离他这样近,他不会想要开口把她留下来。往后的时光里,他知道她会有更好的人生,而他亦有更值得期待的人。

那么最后,再拥抱一下好了。

白泽望着沈欢榆走入登机口的倔强背影,也在心底悄悄地为童年的那段岁月做了一次告别。

BAIYUN
WUJIN
—— 第十九章 ——
星光下的好朋友。

　　白泽隐约知道梅无尽这段时间在忙创业的事情，时常见他不在家。
　　公司那边对梅无尽始终没有给出明确的处理结果，只是停了他的通告，外人猜测梅无尽将要被 EME 雪藏的事也没有发生。大约是廖洪川想等这一风波过去之后，另有打算。
　　梅无尽没有闲着，似乎还找到了另一条发展的道。白泽对此还是颇为满意的，又有点不平，心里嘀咕着："可真够忙的，比我还忙，有时候晚上到家还见不到人，哼……"
　　这天回去，白泽看见屋子里空荡荡的，以为梅无尽又不在，把怀里的抱枕发泄似的扔到地板上，心里又是一顿诽谤。
　　走到厨房倒水喝，透过后排敞开的窗户，却看见后面栅栏旁的人影。原来梅无尽没走，一身休闲的打扮，正在牵着水管浇花。

白泽的心情忽然好起来，冲梅无尽吹了一声口哨。

"今天怎么这个时候回来？"梅无尽抬眼看见白泽，问道。

"本来下午有一个活动，但是临时有变动，就取消了。"白泽笑着说，"我偷了个懒，想回来睡一觉，没让魏琳姐发现。"

梅无尽知道前几天这家伙为了赶通告，没有睡好，确实应该补眠了。

"那你去睡。"

"哦……"

等梅无尽浇完后面种的花花草草，收拾东西进屋，发现白泽直接在客厅的躺椅上睡着了，根本没有挪窝到卧室。

他大概很累了，枕着一只胳膊，侧身睡着，眼睑下有两圈黑色的阴翳。

手机铃声不合时宜地响起来，白泽没醒，梅无尽擦干手上的水，在他衣服口袋里摸索两下，把屏幕亮起的手机掏出来。

看来电显示是魏琳，梅无尽走远了几步，自己接听了。

"魏琳姐，阿泽睡着了……"

魏琳一听是梅无尽的声音，也明白了，说："没事，他回来了就好，我说怎么练习室里没看见他人，还以为又溜到哪里给我闯祸去了。"

梅无尽说："他好像很累，回来也没折腾，直接就睡着了。"

魏琳说起来也心疼："这几天是赶场子赶得频繁了点……"

"对了无尽，阿泽他原本准备参加一档节目，是需要双人组搭档的，他提出来要和你一起参加，坚决不和别人组 CP，现在公司方面还在考虑让不让你参加。"魏琳说，"祝你好运，盼你早日回归！我可是等了你很久了！"

"谢谢。"梅无尽看着不远处在梦境中无知无觉，还习惯性喷了一下嘴的白泽，"会的，我会尽快回到这个舞台上的。"

《星光下的好朋友》是国内最具知名度的一档明星真人秀节目。它旨在真实地呈现明星们和自己的明星朋友私底下的相处状态。粉丝们都好奇，明星之间是怎么交朋友的，他们之间的友情和普通人的是否会有微妙的差异。

和魏琳所说的不差，过几天梅无尽就收到了栏目组的邀请。

白泽也发微博表示，希望自己能和梅无尽一同参加这个节目，想要让大家看到他们俩在一起生活的真实状态。

一石激起千层浪。白泽的这条微博被广泛转载，引起了粉丝们的极度期待。

粉丝们的爱恨来也匆匆去也匆匆，之前对梅无尽粉转路人转黑的，也不由得激动起来。有粉丝说，有生之年，还能看到白、梅同框，真的圆满了。

一时之间，白、梅CP重现江湖的消息被炒得火热。

《星光下的好朋友》的导演看到了前期的轰动效应，为了增加节目的收视率，其他的五组成员都是男女搭配，方便炒作出各种话题，而白泽和梅无尽是其中唯一的一对男男CP。

节目拍摄的第一站，是在格州市一个叫清榕的古老小乡镇，典型的江南水乡。

六组成员将会在这里度过一个星期的时间。明星们将会接到各种各样的任务，接受来自于友情的大考验。

夏天真正来临，天气热得人发闷。

白泽苦夏，容易犯困，没什么精神，望着屋子外面的大太阳就不想出去。他吃完半边冰冻西瓜，缩在沙发上盖着薄毯吹空调，一点也不想动。梅无尽在一旁收拾两个人的行李，打包装好，出发去格州之前又检查了一遍。

"还是不舒服吗？"梅无尽问白泽。

"嗯。"白泽重重地点了一下头。

"我查过那边的天气了，没这边热，你应该能适应。为了以防万一，解暑的药也给你带了。"梅无尽说。

"我知道。"白泽笑得眼睛都眯起来，无赖地说，"反正有你在嘛，我什么都不用担心就是了！"

再次刷新了他在梅无尽心中厚颜无耻的程度。

"我们这样像不像是去旅游啊？"白泽高高跷起脚，摸着自己下巴琢磨道。

梅无尽无言以对，默默把剩下的最后一件衬衫叠好，放进行李箱中。

到达清榕小镇，六组成员分别住进当地安排的独门独户的小院。安顿下来，已经是晚上十点多。

白泽折腾了一天，扑倒在床铺上，不肯动了。

梅无尽在屋内外扫视一圈，发现除了厕所浴室，处处都是隐藏的摄像头。节目从他们到机场的那一刻开始，就已经在录制了。

梅无尽最在意的是卫生条件。结果发现还不错，白墙青瓦的小屋内四处整洁干净，装饰简朴，显然是主人或者栏目组工作人员用心打扫过了的。

因为梅无尽和白泽都是男性，为了增加朋友之间的亲密值，导演组只给他们俩安排了一间卧室，一张大床。

梅无尽先洗漱完，把白泽从床上拖起来，睡衣塞到他手里。

"去洗澡。"

白泽揉着眼睛，边走边嘟囔："我好困啊！"

梅无尽伸手把他拉回来："走错方向了，白痴。"

白泽还不熟悉环境，根本不清楚屋子里的格局。梅无尽一路把他拽到浴室门口，问："待会儿记得怎么回卧室吗？"

白泽已经清醒了一点，瞪大眼睛，说："当然记得啊，走一遍就知道了嘛！我又不是智障！"

梅无尽一声冷笑："你还真就是。"

"你……"

"砰！"

梅无尽无视白泽抗议，把人推进浴室里，直接关门，强行阻止他后面即将要冒出来的大段废话。

"梅无尽！你每次能不能听我把话说完！你再这样我就报警了！"白泽在里面拍门板。

"幼稚鬼。"

梅无尽面无表情，轻嗤一声，回房间铺床睡觉。

晚上睡觉问题又来了。

屋子外绿树成荫，屋内凉爽，但蚊子也格外多。

没有带蚊帐，这是梅无尽唯一疏忽的问题。他原本以为主人家的床上一定会搭好蚊帐的，所以自己没有准备。

但屋主貌似把这件事忘了。

尽管点上了两盘蚊香，连呼吸都能闻到一丝呛人的气味，但仍然时不时会听到"嗡嗡嗡"的声音来骚扰。白泽简直是招蚊子大王，躺在床上不到半个小时，小腿上出现三个大包，还排列组合似的，连成一条线。

他皮肤白，忍不住用手去挠了之后，留下一大片的红印子，惨不忍睹。

梅无尽骂他："说了要忍着，不能用手抓，你没听到是不是！"骂完去行李箱里找驱蚊水。

"谁叫你不带蚊帐噢……"白泽觍着脸，眼神无赖又嚣张，把责任全推到梅无尽头上。

"那谁收拾东西的时候连动都没动的？"梅无尽问。

白泽无话可说，只能"哼哼"了。

梅无尽私底下找了栏目组的工作人员，问能不能借一床蚊帐。

工作人员提出，可以去向其他五组成员借，但只能由他自己去问，自己动手解决问题，给梅无尽提供了另外十个人的手机号码就遁地走了。

梅无尽大约知道这次同来参加节目的其他五组明星的名字，但都不太熟，他也就没挑拣，直接拨了纸上的第一个号码。

名字标注的是，金一敏。

梅无尽记得应该也是 EME 旗下新出道的歌手，之前好像是在日本那边发展，在国内露面的次数不多。

电话很快就被接通。

"喂？"

梅无尽简单说明了情况，金一敏立即表示他那边有好几个房间都挂了蚊帐，有多余的，可以取下来给梅无尽。

"你大概住在哪个位置？我过来找你。"梅无尽说。

金一敏好像在笑，声音里透着愉快："不用了，我过来找你们吧。我比较清楚你们住哪个屋。"

梅无尽疑惑，但也没有多问。

白泽踩着拖鞋从背后冒出来："喂，你背着我跟谁打电话呢？这三更半夜的，有情况啊……"

梅无尽敲他一个栗暴。

白泽捂住头，准备还击，梅无尽利用身高优势制住他的双手，把人往房间里拉，视线扫过他身上的五分裤。

"你专程出来喂蚊子的？"

"浑蛋！你放开我！"

"闭嘴。"

"你再不放开,我就要喊人了啊!"

"你喊吧,喊破喉咙也没人来救你。"

"……"白泽安静一秒钟,然后开嗓,"救命啊救命啊救命啊……"

梅无尽把人松开,往床上一扔,满面寒霜地瞪了白泽一眼:"再吵你今晚就睡走廊。"

两人吵吵闹闹,外面传来敲门声。

"我来送蚊帐的。"

白泽在凉席上翻了个身,茫然地问梅无尽:"谁来送蚊帐?"

梅无尽起身去开门,门外站着一个金色头发的男生,笑容阳光灿烂,一看就是活泼开朗的个性,他主动地跟梅无尽打招呼:"嗨,你好,我叫金一敏,就住在你们隔壁的那个院子里……"

梅无尽接过蚊帐,说:"我叫梅无尽,里面那个叫白泽,我和他是一组。"

金一敏笑:"不用介绍我也认识的,久仰大名了,我很喜欢你写的歌,每一首都循环了好多遍呢。这次知道你要来,我都有点紧张了,哈哈哈哈……希望以后多多关照啊……"

梅无尽和金一敏两人随意聊了几句,金一敏不愁话题,说起来源源不绝,好在梅无尽适时出声结束了对话。

金一敏似乎觉得梅无尽很合眼缘,念念不舍地告别:"有空可以过来串门哦,随时欢迎你们!"

"好。"

终于把人打发走,梅无尽开始挂蚊帐。

白泽还没睡,啪啪打蚊子,没打着,盘腿坐在床上干看着梅无尽动手,没有半点要帮忙的意思。他手指在脑门上点了点,问梅无尽:"你什么和金一敏认识的?"

"不认识。"梅无尽正忙,漫不尽心地说。

"那你们还聊那么开心?还聊那么久?"白泽声音里带着些微不满的情绪。

"之前只听说过,这是第一次见面。"梅无尽说。

"那你们还真是一见如故啊……"白泽阴阳怪气的。

梅无尽固定好了蚊帐的一个角,从床上走到另一边,随带轻轻踢了白泽一脚:"好好说话。"

白泽倒下,故意拖长了语调:"我……就……不……你……能……拿……我……怎……么……样!"

"幼稚鬼,你今年几岁了?"梅无尽微微勾起嘴角。

白泽抱着枕头一脸天真,竖起双手比出一个数字:"永远十三岁!"

梅无尽一头黑线:"你真是没救了。"

第二十章
天啊！白小泽你已经和梅无尽发展到这个地步了！

自从参加《星光下的好朋友》的拍摄，发生了送蚊帐这事之后，白泽无端对金一敏这个名字敏感起来。

因为节目主要表现的是两个明星好朋友私底下的互动，对六组成员都是相对独立的拍摄，只偶尔会要一起出任务，完成游戏和挑战之类的。

大部分时候，还是单独两个人的相处。

但金一敏来串门的次数，似乎太频繁了一点。

他的搭档叫焦娇，二十出头的女孩子，模特出身。她之所以让白泽印象深刻，是因为她的长相属于清纯可爱的那种类型，十分标准的娃娃脸，但却染着一头火红色的长发，锁骨上纹着一枝深红的梅花，一路蔓延入衣领中，枝桠仿佛是从胸口长出来的，张扬而醒目。

焦娇起初跟着金一敏过来，看得出还有点不自然，后来经常往这边跑，言语间也不再拘谨。

两个人最喜欢踩着饭点过来，说要搭个伙，往往不管白泽和梅无尽意见，直接就往厨房跑。

他们也不是白吃白喝，自己会带菜，而且会帮忙生火和洗菜，炒菜的时候也能搭把手，比起站在一边打酱油的白泽，不知好到哪里去了。

白泽想了想，没好意思赶人。梅无尽反正是无所谓的，一张冰山脸也看不出他到底乐意不乐意。

于是金一敏和焦娇就过来的次数就越来越多。

不知道是不是错觉，白泽觉得焦娇的视线总会不经意地停留在梅无尽身上，或者说，焦娇喜欢偷看梅无尽。

难道这个小师妹也是梅无尽的粉丝？

但看她那样子，又不太像。一没要梅无尽的签名，二没冲上去跟他合影，全程淡定得很，白泽绞尽脑汁也猜不透这是为什么。

"梅无尽，老实说，你是不是欠了焦娇的钱？"白泽问。

"你又犯病了？"梅无尽无语，"以前都没见过面。"

"那肯定是八百年前欠的，只不过你现在忘记了……"白泽开始在脑内构思一个从八百年前延续至今的错综复杂的故事。

梅无尽看他的眼神里充满了怜悯神经病的情绪。

节目组提供的食物分量少，不到两天就吃完了。接下来，六组成员必须通过完成游戏任务才能获得之后几天的食材。

按照游戏规定，在划定的区域内，各自成员需要和小镇上的人打听，获得线索，找到画有各类食材的卡片，对应的卡片可以获得对应的食物。

游戏规则看似简单，但实际上难度却大。

格州清榕镇上居住的大多是年迈的老人，说着一口完全听不懂的方言，耳朵也不太好使了，沟通起来简直笑料百出。

成员们尽量找年纪较轻的人打听，但是一路上沿着河岸找，遇到的多数是坐在廊檐下乘凉的老人家。有的唠嗑，有的凑一桌搓麻将，有的在下象棋……

白泽怕热，转了半个小时，已经满头大汗，身上的衣服头湿透了，整个人像是被从水里面拎出来的一样。他看看梅无尽，内心不平衡，那厮衣衫整洁，发型不乱，要不是看见他脖子上悄悄滑落的汗珠，白泽还真要以为他是活在隔绝太阳辐射的异次元空间里。

"好渴……"白泽干巴巴地咽口水，"我要去讨碗水喝。"

梅无尽其实也好不到哪里去，问了一路，没有多大的收获，仅仅找到了一张白菜卡和两张番茄卡。

白泽往两个正在拉家常的奶奶面前一站，奶奶见他一脸可怜狼狈样儿，两边脸颊晒得红彤彤，全是汗，嘴里说着让人听不懂的话，主动就把白泽往自己家院子里拉，硬是要给他做一碗冰镇西瓜。

白泽懵懵懂懂，就跟着奶奶走，不忘拉上梅无尽一起。

白泽说："你不准离开我视线两米之外哦，我们拍档，是生是死你都要陪着我。"

梅无尽："……"

等捧着一碗冰镇西瓜在手上时，幸福来得太突然，白泽笑得比灯泡还闪亮，朝梅无尽炫耀："怎么样，关键时刻还得我出马吧！你看我这张脸多管用，爷爷奶奶都喜欢我！"

白泽长得清秀，看上去阳光又活泼，确实很讨老人的喜欢。

在这一点上，冰山脸的梅无尽远比不过他。

"那你去问问有没有线索。"

"去就去！"

白泽在院子里和奶奶费力地沟通，手舞足蹈地比画，金一敏带着焦娇从门外看见他们，也进来了。

奶奶似乎是知道白泽要找的卡片，拉着白泽说了很多，但就是说不清白。白泽也是一脸茫然。但金一敏好像听懂了部分，试着和老奶奶答话："您是说在西桥底下有吗？还是西桥底下的树上？"

奶奶又说了几句。

金一敏连连听头，表示听明白了，礼貌地笑着说："谢谢奶奶！"

但白泽不乐意了，金一敏这不是来捡现成的便宜吗？明明奶奶是他先找到的，线索却被金一敏听去了。

金一敏可不管这些，还特地朝白泽挥挥手："卡片谁先找到就归谁啰，现在看谁先跑到西桥吧。"

白泽莫名地从他的笑容中感受到了一丝隐藏的敌意。白泽也不再耽搁时间，拉着梅无尽就开始跑。

谁先找到还不一定呢！

结果是金一敏和梅无尽在西桥底下的一棵垂柳枝条上找到了挂着的牛肉卡片,两人几乎同时发现,又同时伸手抓住。

情况颇为尴尬。

金一敏粲然一笑,松了手,对梅无尽说:"卡片归你了。"

他让得痛快,几乎没有犹豫,就把得之不易的成果拱手让人。

白泽心里别扭了,刚刚还跑得飞快,现在竟然就这么轻松地让给梅无尽了?

安得什么心哪!

"我们不要你们让,一人一半好了!"白泽的脾气莫名其妙就冲上来了。

"那也好,就一人一半吧。卡片不能撕成两边,但是你们先拿着,到时候领来了牛肉分给我和小娇一半就是了。"金一敏说。

焦娇也点头应和,对梅无尽说:"到时候我们只好又来串门了,你们可别嫌麻烦呀!"

我靠!白泽心里咆哮。

感觉自己挖坑把自己给埋了,刚才瞎提议什么,早知道就不开口了。他气不过,看见金一敏对着梅无尽眉开眼笑就冒火,没地儿出气,伸手悄悄掐梅无尽的腰。

梅无尽忍着疼,回头看他:"又皮痒了是不是?"

白泽白眼翻得起劲儿,不满地抬头望天。这样一抬头,下巴上的汗水又直往下掉,滴水似的。

梅无尽看不下去了,无形地走了两步,站在白泽正前方,稍微能替他遮挡住一点太阳,自然伸手在他脸上揩了把汗,摘下自己头上的帽子给他扇了两下风。梅无尽手里已经接过卡片，无疑是同意了方才金一敏的安排。

梅无尽朝金一敏点了下头示意，然后扯过白泽，往浓密的林荫下去了。

"那边的溪水更干净些，你去洗个脸。"

"哦……"

金一敏隐约听到走远的两人之间的对话，嘴边浮现的笑容越来越大。焦娇若有所思，自言自语地说："没想到他们的感情这么要好……"

"可不是嘛，简直跟亲兄弟一样，真叫人嫉妒啊……你说是不是，小娇？"

"那个金一敏好像在针对我。"白泽洗完脸后说。从山里流出来的泉水冰冰凉凉的，他感觉舒服了不少，烦躁的心情也有所改善。

"有吗？"梅无尽说。

"有！绝对有！"白泽无比笃定地点头，"他讨厌我，但是很喜欢你呢……"这句话说出来不知道怎么感觉酸溜溜的。

白泽越想越是这样，直到忙了一天，找完食材，累得晚上半死不活地躺在床上，还在琢磨这个事儿，跟梅无尽打小报告："金一敏真讨厌！"

"睡你的吧。"

梅无尽拉灯睡觉。

在清榕镇度过的一个星期时间很快就过去了。随着《星光下的好朋友》第一期的播出，梅无尽出现在大众眼前，再次引起了讨论的热潮。特别是他和白泽互动的镜头，让粉丝们尖叫，大呼有爱。

节目播出当晚，白泽因为练舞的时候扭伤了腰，于是发微博向粉丝们诉苦：

"哎呀，我的腰！"

不一会儿，梅无尽用自己的号在下面回复了他："白痴。"

这样的激情互动彻底开发了网友们的想象力，纷纷评论留言表示：

"没想到你们已经发展到这个地步了呀……嘿嘿嘿……"

"天啊！白小泽你已经和梅无尽发展到这个地步了！你们真的——好激烈啊！"

"快点告诉本宝宝，你们刚刚发生了什么？求现场！求直播！"

《星光下的好朋友》播出后红遍全国，六组明星成员得到越来越多的人的关注。节目策划方邀请全员参加一次访谈，和观众互动，趁热打铁，增加节目的收视率，提高在粉丝当中的号召力。

其中白泽和梅无尽这对 CP 是最受欢迎，也是争议最大的。

采访过程中，他们两人被提问的次数最多。

"节目中有很多你们俩'秀恩爱'的镜头，这是不是能展现最真实的日常？你们你平时私底下也是这样相处的吗？"

挨着梅无尽旁边站着的金一敏却不知是无意，还是存心来搅局的。他比白泽快一步回答记者的提问，说："谢谢大家对我们的关注，《星光下的好朋友》确实是一场没有剧本的真人秀……"

白泽正生气金一敏抢了他的问题，却听梅无尽冷冷地开口，淡然平静但毫不客气地打断金一敏,说:"你大概会错意了,观众更想看到的不是你,而是我和他。"

各路记者纷纷拍下这段小插曲,回去剪辑好,稍微加工之后再发布,梅无尽维护白泽的场景被网友们争相模仿,涌现出各种版本和小段子。

比如四季版的:春天拉着樱花,对冬天说:你大概会错意了,世界更想看到的不是你,而是我和他。

比如美食版的:番茄拉着鸡蛋,对菠菜说:你大概会错意了,吃货主人更想看到的不是你,而是我和他。

比如聊斋版的:白牡丹精拉着穷书生,对土财主说:你大概会错意了,观众更想看到的不是你,而是我和他。

比如励志版的:戴眼镜的高中生拉着《五年高考三年模拟》,对《黑执事漫画全集》说:你大概会错意了,我爸妈更想看到的不是你,而是我和他。

……

有人黑金一敏抢风头,也有人黑梅无尽傲慢无礼,不懂得照顾他人感受。当然也有人夸金一敏阳光开朗气质出众,有人夸梅无尽还是一贯的有个性,不矫情,有什么就说什么。

总之这个小插曲最后反倒变成了最受瞩目的新闻点。

白梅CP再登微博热搜榜榜首,人气居高不下,《星光下的好朋友》的收视率也一路飙升至全国综艺类节目之最。

各种广告代言纷纷找上门来,白泽和梅无尽再度成为最具价值的新人明星。

梅无尽替白泽出头，这让白泽感觉到十分痛快。他看着金一敏的目光里满含挑衅，像赢了游戏的小孩子。

但是白泽没想到的是，金一敏对梅无尽的喜欢并没有因此而减退。

他们三个人都在同一家公司，尤其是当金一敏从日本市场收军，准备回来国内发展后，自然常常会在EME出现，跟白泽、梅无尽碰面的几率很大。如果要是有心，每天都能见上一两次。

从格州清榕镇回来之后，金一敏每天趁着午休的时间必定要来找梅无尽，聊聊新歌的创作想法，和梅无尽切磋一下吉他，他仿佛总能有说不完的话。又老是一张笑脸迎人，梅无尽尽管偶尔不耐烦，也不会真的赶他走。

白泽第一次觉得能有人比自己还话多。

"金一敏真的好烦啊！"白泽不经意间向梅无尽抱怨。

梅无尽表示赞同："嗯，跟你一样。"

白泽跳脚："我怎么可能跟他一样！我比他好多了！我从来不会占用你的午休时间打扰你休息好吗！"

梅无尽说："你不会午休的时候烦人，你只是半夜等我睡着了就过来串门。"

"哈哈，我关心你的睡眠质量嘛……"

"……"

―白梅CP小剧场―

我会陪你一起努力走到巅峰……

白泽滚下去！

白泽滚下去！

滚出EME！

解散SKY！

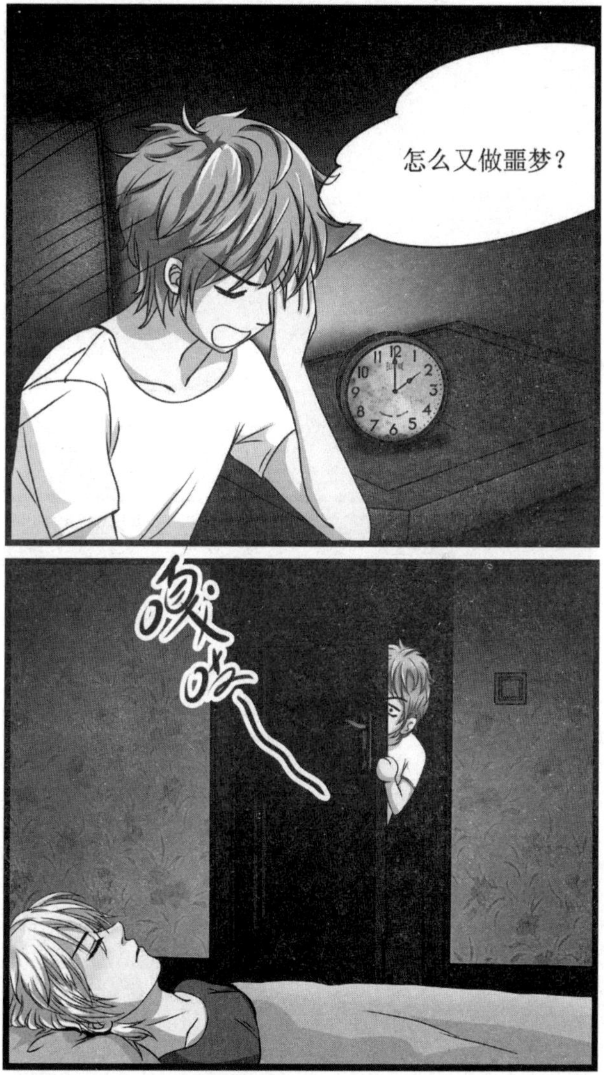
怎么又做噩梦？
嗖吱~

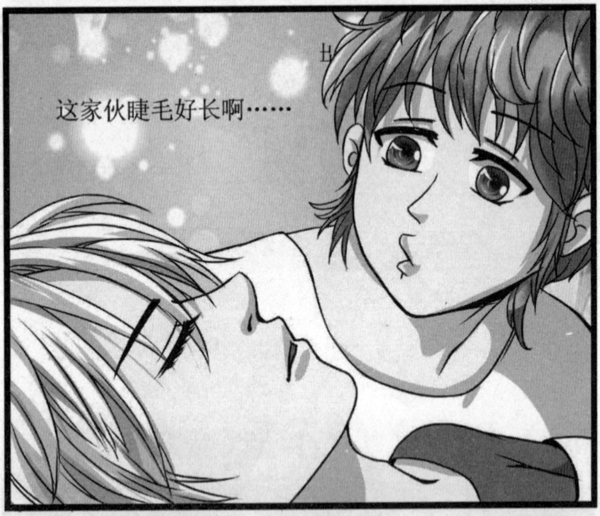
这家伙睫毛好长啊……

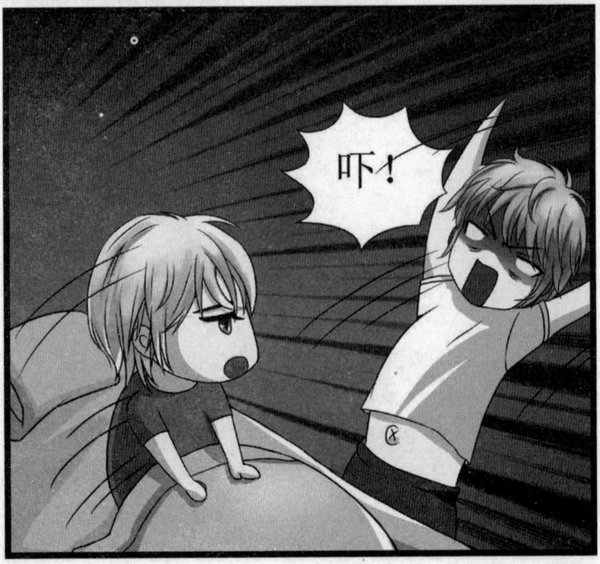
吓！

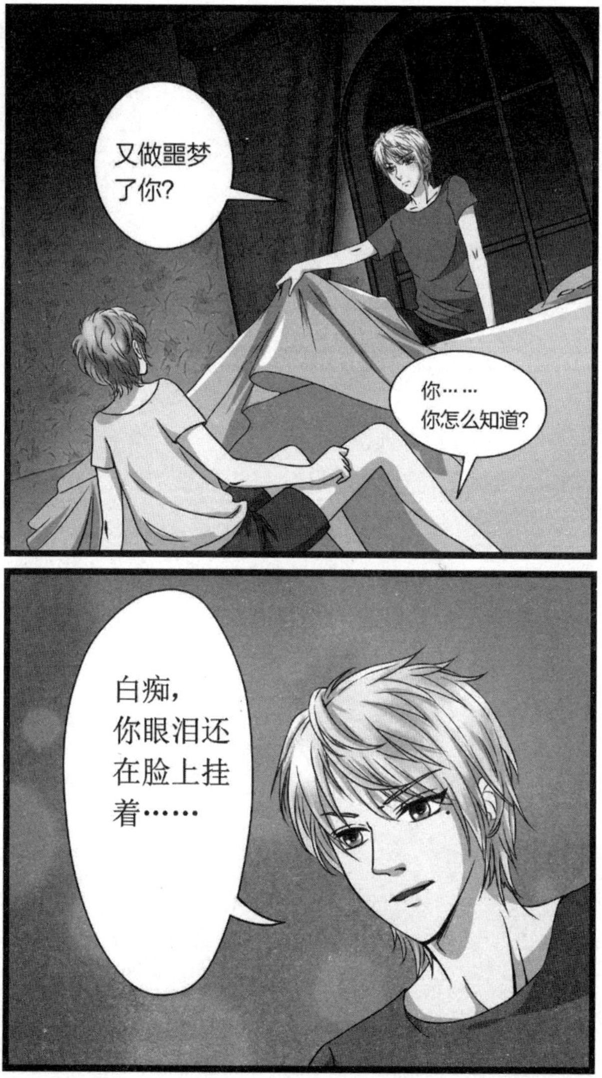

又做噩梦
了你?
你……
你怎么知道?
白痴,
你眼泪还
在脸上挂
着……

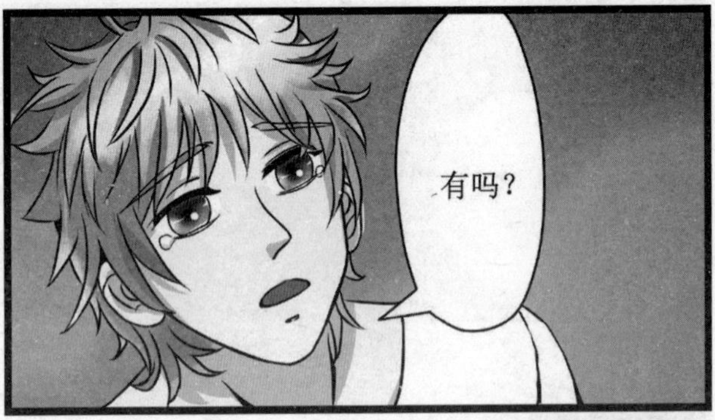
有吗？

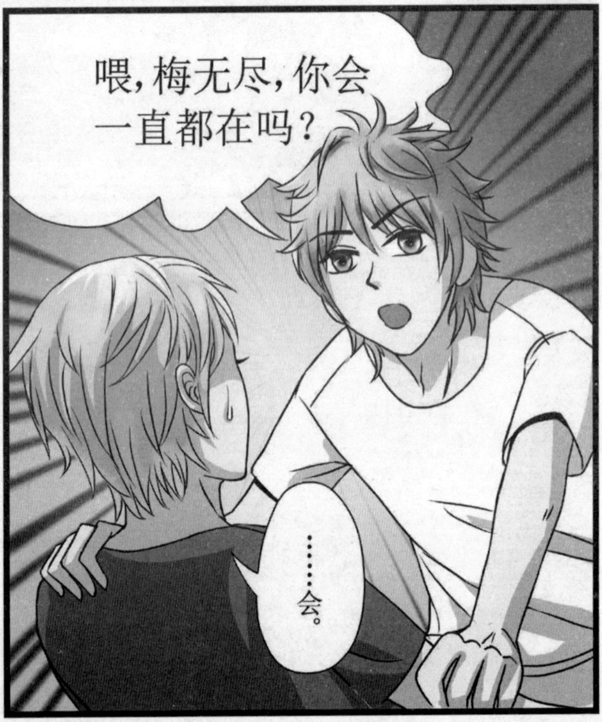
喂，梅无尽，你会一直都在吗？
……会。

直到SKY走上巅峰,直到我们的梦想实现,你都不会离开吧?

嗯……晚安,白痴。

BAIYUN
WUJIN
—— 第二十一章 ——
难道非要我把心剖开你才肯相信我吗?

梅无尽这天在录音室里录音,手机响个不停,给他打电话的是一个意想不到的人——慈明儿童福利院老院长的女儿。

老院长去年查出晚期肺癌,治疗无果,前几天去世了。她女儿不知道从哪里弄到了梅无尽的手机号码,特地来通知梅无尽一声。

梅无尽问了两句话,最后说明天一定会赶过去参加葬礼。

白泽在旁边听清了大半,问:"那你明天要回 L 市?"

金一敏从外面推门进来,也看着梅无尽,好奇地问:"你明天要去哪儿?玩还是工作?缺跟班吗?我能够胜任喔!"

白泽开口呛声:"你每天都这么闲吗?赶着去当人家跟班。"

金一敏说:"我心情好,我乐意呗!"

两人你来我往,一人一句轮流转,说相声一样。梅无尽不禁抬手揉了揉太阳穴,不管他们了,去找魏琳说明要请假的事。

"你去哪儿?"

梅无尽刚起身走几步,背后齐刷刷响起一道声音,白泽和金一敏纷纷望着他。

梅无尽说:"你们俩继续吵,我还有点事,先走了。"

跟魏琳说清楚后,梅无尽简单收拾了东西,订好机票,准备晚上就出发。听院长女儿说,葬礼是明早上午八点开始举行。他不能耽误时间。

梅无尽出门前,白泽坐在客厅里看《恐龙未灭绝的时代·IV》,一条霸王龙正在攻击两条三角龙,场面十分激烈凶残且惊险,白泽嘴巴里的薯片差点掉下来,看似完全没有注意到要出门的梅无尽。

"我走了。"梅无尽说。

"快滚快滚……"白泽目不转睛地盯着屏幕,不耐地朝他挥了一下手。

梅无尽无语。

登机之后,梅无尽落座,拿起杂志看了两眼就觉得困,偏着头闭上眼睛准备眯一会儿。旁边的座位上来人了,淡淡的一层阴影落下来。

梅无尽稍微撑开眼缝,白泽正对着他笑得人畜无害,十分纯良无辜。

梅无尽的瞌睡虫顿时跑光,问:"你怎么来了?"

白泽得意地向他炫耀:"我烦了魏琳姐一个下午加一个晚上,她实在受不了了，就放我假啰！"

"你也知道自己烦人啊……"

"喊，能被我烦的人应该深深地感觉到荣幸！一般人我是不会去烦他的！"白泽技能之一，擅长往自己脸上贴金。

"你来L市干吗？要跟着我一起去福利院吗？"

白泽顺着杆子往上爬，立马接话："既然你都邀请我了，那我就大发善心勉为其难，陪你跑一趟福利院吧。"

这个不要脸的家伙。

但梅无尽也没拆穿他。

两人到达L市，出了机场，就往梅无尽事先预订好的酒店去住一晚。第二天起了个早，打车去郊区的慈明儿童福利院。

白泽对于小时候来过这个地方的记忆已经模糊不清，只觉得山清水秀，环境还算好。围墙里有孩子打闹和大笑的声音，门口站着一个二十七八的女人在等他们。那是老院长的大女儿，现在已是慈明福利院的新一任院长。

见他们过来了，一路沉默地领着他们往家里走。

孩子们不知道老院长已经去世，葬礼也是瞒着他们举行的。从家中出殡，葬到墓地，悄悄就完成了仪式。

参加的人不多，场面冷清，甚至有几分寂寥。虽然新院长打电话通知了一批当年从福利院出去的孩子，但是大部分人还是因为各种各样的原因，没能及时赶过来。

还不到中午，事情就草草收场，人都散了。

梅无尽留下来帮新院长善后，又帮孩子们采购了一批生活用品和玩具。他和白泽在草坪上给孩子们发礼物。有几只小手忽然举起来，齐刷刷地朝门口挥了挥手。白泽不懂这是什么意思，扭头一看。

真是冤家！

金一敏倚在院门上，正挥舞着双手，一些孩子被吸引了注意力，也模仿着回应他打招呼的动作。

"你怎么也跑过来了？"梅无尽问金一敏。

金一敏说："刚好今天有个L市的采访活动，就过来这边了，又刚好无意间听魏琳说你们在这里，就找过来了，我也好奇嘛，想过来看看。"

哪有这么多刚好？白泽嘀咕。

魏琳和金一敏是认识没错，但魏琳也不至于透露他们的行程给金一敏吧，肯定是他死缠烂打问来的。

金一敏全然不在意白泽的态度，笑容满面地凑过来，对梅无尽说："在给小朋友派送福利？我也来帮忙好了。"

梅无尽无所谓。

白泽哼哼，不乐意，但想着多个人多双手干活儿，也就没发表意见了。

金一敏背上背着把吉他，像是有备而来，发完文具就开始给孩子们弹吉他，他招呼白泽和梅无尽："过来唱歌呀！"

白泽别扭，被一群小孩起哄似的围起来，拖长了音，不情不愿地开口："我有一只小毛驴我从来也不骑，有一天我心血来潮骑着去赶集……"

"哈哈哈哈,你果然在敷衍小孩子吗?"金一敏毫不留情地嗤笑他,"你敢不敢认真点?"

一点点高的孩子也都抬头望着,白泽有点不好意思起来。

"重新来。"金一敏说,接着开始弹一段舒缓的前奏,脚下打着节拍。白泽这下终于不再阴阳怪气,好好地唱起来。

"如果没有遇见你,我将会是在哪里。日子过得怎么样,人生是否要珍惜……"

这首《我只在乎你》可谓是慈明福利院的院歌,老院长最爱的经典曲目之一。她以前经常哼唱,跟在她身边的孩子也就慢慢学会了。白泽也是偶然间听梅无尽说起,才知道的,没想到金一敏歪打正着,选了这首曲子。

参差不齐,高高低低的声音,一起唱着老情歌。本来以为场面会很怪异,却出奇的和谐,带了点温馨,白泽忽然觉得金一敏也不是那么讨厌了。

"任时光匆匆流去,我只在乎你,心甘情愿感染你的气息……"

唱到这里,白泽看向梅无尽。大概是因为阳光很烈,眼睛在一刹像被光芒灼伤了,耀眼得让人无法直视。

"人生几何能够得到知己,失去生命的力量也不可惜……"

将近傍晚,三个人从福利院出来,去落脚的酒店歇一晚,明天再回C城。白泽发现金一敏阴魂不散,连定好的酒店也跟他们是同一家。

"你到底来L市干吗的?"白泽问。

"说了有个采访活动，才过来的呀。"金一敏说。

"鬼才信！"

"你说谁呢？"

"说你啊，金大鬼！"白泽舌头一绕，忽然被自己取的这个绰号给逗笑了，"哈哈哈哈……"

金一敏觉得这小子真欠揍。

梅无尽只是去报刊亭买了一份报纸，两人就在酒店门口吵起来了，也不嫌丢人。梅无尽已经见怪不怪，装作是不认识的路人，绕开他们从旁边的一扇旋转门进去。

"梅无尽，等一下。"金一敏立即从白泽面前转移阵地，结束这场幼稚的口舌之战，跑到梅无尽并肩而行，笑着说，"一起走啊。"

神经短路的白泽站在两人背后发愣，总要过么几秒钟才能反应过来，冲上去一把把金一敏撞开，钩住梅无尽的肩膀：""喂，你干吗不叫我？"

梅无尽说："我看你吵架吵得挺认真，就没打扰了。"

白泽大声不满地嚷嚷："这时候你不应该过来帮我吗？我可是你拍档！怎么能看着外人欺负呢？"

梅无尽说："我可没见你受人欺负。"

"心灵！"白泽说，"我受伤的是心灵！你当然看不见了，难道非要我把心剖开你才肯相信我吗？"

"嗯，是这样。"

"梅无尽，你好狠的心！"

差点被白泽撞翻，落在后面金一敏整了整被扯歪的衣服，看着两人越走越远。

回C城后不久,《星光下的好朋友》第二期的节目即将要开始拍摄,去的是北方一个叫福兴的小村庄。

白泽在飞机上听一个随行导演说,焦娇好像是在福兴出生的,这次算是回老家。

六组成员去到各自的住所安家落户,当天的晚餐本来是各自解决的,但白泽和梅无尽才刚放下东西,金一敏就来了。

"小娇说想起你们吃个饭,中午赏脸过来一趟吧。"

路上奔波,有人肯准备现成的晚餐,自然再好不过。白泽就算不想看到金一敏这张脸,也勉勉强强傲娇地答应了。

午餐丰盛,焦娇似乎早有准备,连红酒都是现成从行李箱子里拿出来的。

白泽看着满桌子色香味俱全的菜,连金一敏坐在他对面也不予计较了,好心情地给梅无尽夹了一筷子的青菜。

"今天太阳从西边出来了,小地主还知道伺候人了。"金一敏调侃道,他看见白泽夹菜的举动确实很惊讶。也难怪,见惯了白泽张扬跋扈,却从没见过他体贴谁。

白泽立马还嘴:"伺候你大爷。"

梅无尽说:"好好吃饭。"

这下斗鸡似的两人才停了嘴。焦娇在一旁看戏,最后望着梅无尽竖起一根大拇指,崇拜地说:"还是前辈你有办法!"

焦娇虽然年轻,但以模特的身份出道早,梅无尽本应该算在她后面。但她对梅无尽很尊敬，像个小女生仰慕学长一样，一直称呼他为前辈，说还有很多东西需要向梅无尽学习。当时白泽就纳闷了，她怎么不叫我前辈呢？

红酒瓶见底，喝得最多的那个人是焦娇。

她一般先给其他三个人倒一杯，然后自己喝完一杯倒一杯，跟怕谁抢似的。等她对面的梅无尽注意到不对劲，这姑娘已经喝得满脸通红了。

"你没事吧，小娇？"金一敏也偏头去看她，手背贴在她额头试了一下温度，滚烫。

"没事！"焦娇笑，说："我就是想喝点酒，壮壮胆子。我今天跟你们讲一个故事吧……"

"我是在福兴本地出生的，五六岁的时候吧，大约是，太久了，我记不很清了……我爸妈带着我南下打工，后来在火车站却被人扒走了钱包，他们一下就慌了。报了警，但钱还是没能够找回来，他们只能一边找工作，一边住天桥。这样的情况不知道持续了多少天，后来慢慢就坚持不下去了……爸爸说三张嘴不容易养。

"于是我被抛弃了，一觉醒来就到了一家儿童福利院，里面都是和我一样无家可归的孩子。刚开始，我总被几个高个子的欺负，他们喜欢抢我碗里的饭菜，把我的衣服弄脏，院长阿姨以为我不听话，训了我几句。我当时特别委屈……"

说到这里，焦娇弯着嘴角，笑容甜蜜，像沉浸在童话故事里，她接着说："就在这个时候，我的白马王子出现了。

"他帮我跟院长阿姨解释，他还帮我赶走欺负我的人，我的作业本和铅笔被人恶作剧地放到了柜子顶上，他会默默地替我拿下来，尽管他不和我说话，也老是看不见他笑，看上去好像很严肃，但我一点都不怕他，我觉得他是这个世界上最优秀的人。"

"他比我高，长得很好看，唱歌非常非常好听……"

焦娇调皮地眨了下眼睛："我偶然听到过他唱歌，当时就想，他长大以后一定会成为优秀的歌手，成为巨星，现在他果然做到了。"

"半年以后，妈妈找了过来，跟我道歉，要把我接回去，我走得很匆忙，甚至没有来得及跟他告别。这些年我一直没有忘记，在我最痛苦的那段时间，有个男孩曾那样帮过我，成为我生命中不可磨灭的美好记忆。让我以后无论遇到多么艰难的事，都有勇气面对，继续走下去，不退缩，也不放弃……"

焦娇没有点破那个帮过她的男孩是谁，但她的眼睛始终望着对面的梅无尽，眼睛闪烁。

一切不言而喻。

白泽总算弄明白了这段八百年前的往事纠葛，也终于能理解焦娇为什么总是偷看梅无尽了。

这顿饭吃得五味陈杂，以焦娇趴在桌上彻底醉酒而告终。白泽和梅无尽帮着金一敏收拾了饭桌上的残局，回到他们自己的住所。

白泽洗漱完毕，坐在小客厅里调制面膜，一大罐青色苦瓜汁装在透明的瓶子里，让人望而却步，他往玻璃碗中倒了一部分，又陆陆续续添了两勺粉末进去，拿着玻璃棒搅拌均匀，仿若一个在做实验的化学家。

梅无尽担心明天一早起来他会被毁容。

"你觉得今天的晚饭做得怎么样？"白泽一边捣腾，一边问。

"还不错。"梅无尽的视线盯着网页新闻上。

白泽对着墙上的镜子，把调制成功的面膜往脸上抹，语气不自觉地变得酸溜溜的："我没想到你小时候还那么热心肠嘿，还知道团结友爱帮助小朋友。你魅力可真大呀，让人家记了你这么多年。我算是明白了，这顿晚饭本来就是专程做给你吃的，我和金一敏都算是沾了你的光。"

"看来好事将近呀，说不定在后面几期，咱们都得换 CP 了。等你和焦娇一组了，我也就重获新生，终于自由了！"

后背一暗，一道阴影闪现，面前的镜子里出现另一张贴近的脸。

梅无尽突然出现在白泽身后，唇边浮现一丝笑意。双手撑在白泽两侧，抵在墙壁上，倾身压向他，气息温热而湿润，喷薄在白泽的耳廓："为了庆祝即将收获的自由，我们要不要来个自由前的放纵？"

白泽吓得一个哆嗦，顶着一张涂满绿色面膜的脸满屋子逃窜。

"喂，你这样明天真的不会毁容吗？"梅无尽善意地提醒他。

白泽怒气冲冲地朝他吼："别没事诅咒老子！"

在福兴拍摄的第二期《星光下的好朋友》播出之后，有件让人始料不及的事情发生了。

焦娇在饭桌上讲述过去的那段场景，让电视机前的白梅 CP 粉们格外敏感。粉丝们前不久才经历过一次白、梅打架视频事情，闹得不可开交，如今好不容易和好，出现一片和谐天下大同的局面，却被横空杀出的焦娇掺了一脚，大家纷纷不爽。

有的行为偏激的粉丝在节目播出的第二天，就冲到了节目组来抗议，说焦娇借机炒作。

白泽站在楼上观望，心里不太好受，叹着气感慨："梅无尽还真是红颜祸水啊……"

在这个风口浪尖上，焦娇意外地给梅无尽打电话约他出去。当时白泽和魏琳都在旁边，魏琳朝朝梅无尽打手势，示意他不要答应。

魏琳觉得这很有可能是焦娇想要捆绑梅无尽炒作。

"我保证，这是唯一的一次，如果你方便的话，能不能出来一趟？"焦娇见梅无尽犹豫，再次出声要求，无比坚定的语气，执意要见这一面。

"好。"梅无尽答应了。

魏琳朝梅无尽干瞪眼。

梅无尽挂了电话，说："焦娇不是那样的人。"

"哟……"白泽终于忍不住搭腔了，看着梅无尽酸溜溜地说，"你知道她是怎样的人？"

魏琳心里有气，在一旁帮腔："对呀，难不成你很了解她？"

梅无尽无视两人，拿上帽子和墨镜准备出门，白泽在他背后张牙舞爪。

焦娇选的是一家位置偏僻的休闲吧，梅无尽绕了好长一段路才找到，离约定好的时间已经过去快半个小时，他推开包厢的门。

"抱歉，我迟到了。"

里面的环境很安静，焦娇没有打开音响，一个人拿着话筒坐在沙发上清唱，见他进来露出一个大大的微笑："没关系，我也才到不久。"

而实际上，她已经自娱自乐，唱了将近两个小时的歌。

她体贴地替梅无尽找理由："而且这边不好找嘛，但保密性强，遇上狗仔的几率小，现在这个时候还是谨慎一点为好。"

梅无尽接过她递过来的水杯，喝了一口。

"我刚刚唱你们的《白云无尽》是不是很难听？"女生火红的头发在上方流转的彩灯下不断地变换着颜色，她笑得不太好意思，"我不擅长唱歌，从小就五音不全……"

这几天的负面新闻，似乎没有影响到她的心情。

"也还好。"梅无尽给出的答案比较善意。

"我可是你们的死忠粉喔，出的每一首单曲都有收藏，私底下不知道唱过多少遍，但还是唱得很烂哎……"

焦娇说着无关紧要的话题缓和气氛，但偶尔僵硬的神色暴露了她的紧张。梅无尽端起水壶，默不作声地替她把面前的水杯续满。

"你……会不会，"焦娇聊到后面，语气艰难，"会不会也以为，我只是想要借你炒作？"

梅无尽坦言："暂时没有这么想过。"

"我也没有这么想过。"焦娇笑了笑。

她似乎松了口气："这次的事情一定给你带来了很多的困扰，我很抱歉。还有今天约你出来，也属于很自私的行为……"焦娇看着梅无尽，郑重地说，"但还是忍不住要这么做，我想要当面跟你解释清楚，我从来没有想过要利用你……当时说出来，大概是酒精作祟，也许只是……情不自禁。我没有想过要打扰你的生活。你一直很优秀，我也要努力向你看齐，过得更好才对……"

说到后面，声音越来越小，连焦娇自己也不明白眼泪为什么会毫无预兆地掉下来。

焦娇见过梅无尽之后的当天下午，在微博上发出声明，宣布会退出《星光下的好朋友》接下来几期的拍摄。

她不想再给梅无尽造成任何的困扰。

心意已经表明，把藏了十几年的感情亲口告诉了他，便应该画上一个句号。今后她还有很长的路要走，梅无尽也会有精彩的人生。

这样做无疑是最正确的决定。

只是焦娇一走，就有一个重大的问题待解决，金一敏没有CP了，只剩下一个人。更可恨的是，他死活不肯接受节目组给他重新安排的搭档，节目策划组人员苦苦思索了一个晚上，想破了脑袋，没有解决的办法。

最后总导演大腿一拍，怒道："给我把金一敏塞到白泽梅无尽那一组去！"

于是六组明星CP，转眼只剩下五组，其中有一组情况特殊，成了三角形。

白泽听到这个消息的时候，立即跳上餐桌，预备上房揭瓦："我不干我不干我不干！让我跟金一敏一组还不如叫我去死！"

梅无尽太阳穴隐隐发疼地看着被他碰倒的半杯水，声音压得很低："那你赶紧去。"

"你什么意思啊你？巴不得我早点死是吧？"白泽约莫这几天为了琢磨演技，八点档狗血剧看多了，里头的经典台词张口就来，"我死了你就可以摆脱我了是吧，我告诉你，没门！老娘做鬼也要缠着你！"

梅无尽见鬼一样看着他，说："下来，把桌子擦干。"

白泽说："你别想转移话题，你安的什么心我还能不知道吗，你不就想等我走了好腾出位置来给你的新欢么！"

梅无尽眼神隐忍，说："你现在下来，我保证不揍你。"

白泽说："哟嘿，感情你还想揍我啊，还有没有天理了？来人啊，救命啊，有人想谋财害命啊……"

梅无尽忍无可忍，双手拽住白泽的小腿往里一收，让他没法儿乱动，再把他胳膊往下一拉，直接把人从桌子上扛下来。

白泽胡乱挣扎，双手去揉梅无尽的头发，下一秒身体腾空，被直接摔到了沙发里。虽然底下的垫子是软的，但这样的撞击还是让他感觉到一阵头昏。

"梅无尽，老子跟你拼了！"

"行了，你就作吧。"

第二十二章
你也想吃呀？自己上呗！

三人行，其实最应该烦恼的不是白泽，而是梅无尽。

每天有两个嘴巴停不下来的家伙在耳边聒噪，一般人估计也难以忍受，更何况是偏好清静的梅无尽。

往后的几期节目，三人都被安排住在同一处。白泽和金一敏从来没有消停过，从坐车开始，为了谁坐前排谁坐后排这种小事就吵起来。

金一敏说："我先到，应该由我做副驾驶座。"

白泽说："我先坐上去的，凭什么要让着你？"

梅无尽拉开后座的门，冷着脸嘱咐司机说："直接开走，别管这两个人。"

"别呀！"金一敏立马放弃与白泽的角逐，安稳地在梅无尽身边落座，一副"我很大方，我什么都让着白泽"的深明大义的样子，跟梅无尽说，"我不争了，小泽年纪小，让着他一点也是应该的。"

白泽呸了一声，郁闷得不行。

他如愿以偿占了前座，但从后视镜里看见金一敏黏着梅无尽说话，心里堵得慌："真想一羽毛球拍扇过去啊……"

金一敏悄然间，挑衅地朝他露出一个不怀好意的笑。

白泽这下几乎可以肯定了，金一敏这家伙故意激他坐前面，自己好找机会和梅无尽单独相处。而梅无尽也感觉到了，料想下一个星期肯定不太平。

比如完成游戏任务，和其他五组比赛，先不用和人家争，白泽和金一敏先起了内讧，毫无疑问是最后一名；吃饭要比，两个人就像饿死鬼投胎的，饭菜洒了一桌子；连蒸个桑拿，也暗暗较劲，白泽为了赢过金一敏，差点没被憋死。

梅无尽看着他裹着浴巾满脸涨红地冲出来，连看都懒得看了，完全无动于衷，由他们去闹。

录制节目的地点一般选在山清水秀风景优美，还未经过度开发的小村落小城镇，这次也不例外。塞外古朴的村落，满眼望去，是荒凉的戈壁，村庄中的居民时代生活拮据。

节目组尽心策划了一个环节，安排六组明星成员去附近的城镇上举行一场公益演出，把筹来的钱捐给这次借宿的村庄。导演为了节目效应，确保取得好的收视率，点名要求白泽和梅无尽在公益演出上演唱他们的成名曲——《白云无尽》。

这必定会是粉丝们最期待的一个环节。

只是这次金一敏加入了白梅组合，自然也不能把他落下。

情况其实颇为尴尬。

《白云无尽》这首歌本来就是梅无尽为自己和白泽专程写的，两人演唱也配合默契，如今要安排金一敏强行插进来，显得十分多余。于是导演只是让他意思一下，在开头和末尾开两下口而已。

金一敏听见这么安排，当场就撂担子了，说："我不干，既然不能好好唱，那还不如别唱了，我不上台就是了。"

导演说："那可不行！你们仨现在在同一个组里，公益演出你不登台，到时候你的粉丝也会有意见的，指不定说节目组欺负你呢，这么大一顶帽子扣下来我可承受不住……"

金一敏说："您可不就是欺负我吗？凭什么我只能唱副歌配音的部分啊，我虽然唱歌还算不上天王级别的，但应该也不算差吧，好歹也是以歌手的身份出道的。"

他虽然是半开玩笑半认真的态度，但任凭导演再说什么，也不肯点头答应。后来大概觉得烦，出房间抽烟去了。

导演着急上火，只好来找梅无尽："你帮我去劝劝金一敏，怎么就那么倔呢！这不都是为了节目收视率吗！"

梅无尽没多说，只是点点头，算答应了。

最后也不知道梅无尽究竟跟金一敏灌了什么迷魂汤，两人竟然轻松地谈妥了。从屋外进来的时候，金一敏已经笑容满面，看得出不像是为了应付人而假装出来的。

白泽原本坐在凳子上玩塔罗牌，看见金一敏搭着梅无尽的肩膀走进来，顿时不快。

尤其是当金一敏特地贴着梅无尽的头发，亲密地说话，还不忘冲白泽扬起一个胜利者的微笑时。

白泽肚子里的一把火都快要烧起来了。

三人回到借住的民宿。

梅无尽不知道自己又哪里惹到白泽这祖宗了。开门关门的声音巨响，让人怀疑小木门即将在此暴行之下夭折；喝水放杯子的动静很大，如果不是搪瓷缸子而是玻璃的，让人觉得马上会被白泽砸碎在桌面上；最后还发疯似的打扫起卫生来，梅无尽看白泽的眼神俨然已经不正常了，白泽忽视背后的两道目光，使劲儿折腾扫帚，把满屋的扬尘都搅和起来，灰尘呛得人说不出话。

在梅无尽眼里，白泽这场脾气来得莫名其妙。

理智的办法就是放任不管，随他去。就像小孩子闹脾气一样，你越在乎，在边上看着着急，他越能作妖，恨不得把天掀下来。

你不管，他一个人闹着没趣儿，过一会儿也就消停了。

还真和梅无尽所想的，白泽见梅无尽回房间睡觉了，金一敏去浴室洗澡了，他一个没意思，扫把一扔，窜进梅无尽房间里。

他说："我饿了……"

床上的人没反应。

"梅无尽，我饿了……"

没人理会。

"喂,我快饿死了,你管不管啊?"

寂静无声。

"我真的真的真的饿了,特别特别特别饿……"

还是没动静。

"梅无尽,无尽,阿尽,小尽,尽尽……"

被子掀开,梅无尽从床上坐起来,黑着一张脸说:"我就下碗面条,不准挑剔,不准浪费,要全部吃完。"

白泽连忙笑着点头,这会儿比跟兔子一样乖巧纯良:"嗯嗯,我不挑食的。"

"信你才有鬼。"梅无尽冷笑。

条件所限,梅无尽煮了一碗特别简单的面,清汤寡水,汤里浮着几片青菜叶和两块炸豆腐,这已经是好不容易搜刮了主人家的厨房才得来。

好在白泽没再闹了,吸溜吸溜,吃得特别香,还难得好心地问梅无尽:"你要不要尝一筷子?"

梅无尽摇头,他都已经漱口了。刚刚要不是白泽,他这会儿估计都梦周公去了。

梅无尽坐在白泽对面的长条板凳上,看他一点点吃完,竟然也没有先提回房间的事,默契地等着白泽,监督他吃完。

面条的分量是适中的。

白泽以前大大咧咧,饮食挑剔,和梅无尽住在一起后,已经算是改善了很多。

"汤就别喝了，肚子会胀，待会儿晚上会睡不着。"

"哦。"

照做，放下碗，满足地呼出一口气。

金一敏擦着头发从简陋的浴室走出来：“你们在干吗呢？哇，煮夜宵吗，我也要！”

白泽立即从温顺的状态切换到龇牙咧嘴孚毛的战斗模式，拖起梅无尽往卧室走，牢牢箍住他的胳膊，冲金一敏翻白眼：“你也想吃呀？自己上呗！”

金一敏笑：“真傲娇啊！”

白泽跳脚：“你说什么？”

又要开战了。

梅无尽头疼，他可不想吵到今晚两点还睡不着。他手臂一伸，锁住白泽的脖子，强行把人带离火药味十足的现场：“人家什么都没说，好了，你该去睡觉了。”

白泽美美地睡了一觉，发现第二天起床，导演宣布这天的主要任务是六组明星成员各自为公益演出训练和彩排，十分自由，可组内成员自行安排。

梅无尽提出想法，让金一敏对《白云无尽》这首歌进行改编。

原本作词作曲是由梅无尽主力完成的，他觉得适当对这首歌做出调整，重新编曲，或许会更好。而金一敏也确实有这个实力。

这就是昨天梅无尽出去和金一敏商量好的结果。

令白泽没有想到的是,听拍摄人员说起,昨晚金一敏一宿没睡,蹲在台灯下写曲子。这多少令白泽有点钦佩。他们每一个人走到今天,不管成绩如何,背后都付出了艰辛的努力。曾经十二小时不间断的舞蹈训练,长时间地练声,形体课上的撕心裂肺……

经历了那么多,才有了现在的他们。

被金一敏改变过的曲子有了焕然一新的感觉。他完整地保留了之前歌曲中,白、梅对唱的抒情的部分,中间恰到好处地加入了一段饶舌说唱,轻松愉快的节奏,没有打破原有的温馨,反而使其加美好而温暖。

白云路过你年少时光,

可惜被遗忘,

连同记忆,一并雪藏。

直到过去那么久以后,

音容和笑貌,

连同声音,融成了你眼里的月光。

重逢还欢喜,

第一眼看见你,

便能认出你,

我们好像从来没有过分离。

那些攀爬在树梢上的光阴,

让我忽然明白,你与梦共存。

接下来金一敏增加的部分:

我听见厨房里的锅碗瓢盆交响,
那是你唤醒我的音乐之氧;
我看见墙壁上的五线谱在跳跃和徜徉,
那是你带给我的无上荣光;
想和你一起看每天的日落和月升,
想和你一起品尝咖啡的香醇和洋甘菊的温暖,
看流星划过天际,看雨后出现彩虹,看露珠轻落,时光荏苒,
我们还一直一直一直一直,
在一起。

三人排练,金一敏负责饶舌说唱的部分,一开口就获得了现场几位工作人员的掌声。白泽也对他大为改观,嘴上却依旧刻薄:"你还真是个人才,没唱词还就硬给自己加了一段,不错不错,小伙子有前途啊,以后好好干……"

金一敏把损他的话当夸奖,熬了一个晚上的功夫没有白费,得到了大家共同的欣赏,因此心情飞扬:"嗯,好好干!"

白泽这下反而无话可说了,心里其实也替金一敏高兴,默默念了一边说唱的那段歌词,再次觉得确实挺不错的。

义演当天的成绩不错。

由于明星效应,一向萧条的小城镇上竟然出现了大批围观的人,把马路堵得水泄不通,场面热闹非凡。许多路过的人都不由得停下来围观,一圈一圈地扩大了观众席。

最后筹集到的钱悉数由导演亲手交给小村庄的村长。村民们为了对节目组和明星成员们表达谢意,在村子里还举行了一场篝火晚会。

一圈人手拉手围着篝火跳舞,白泽为了隔开梅无尽和金一敏,特地占据了两个人中间的位置。他一脸嫌弃,却又不得不挽住了金一敏的手臂。

金一敏说:"你那是什么表情啊?"

白泽说:"当然是十分非常以及极其厌恶的表情呀!"

"那你松开我,别挨着我站。"

"哼,你以为我想和你站在一起啊,别做白日梦了!"

"有本事你松开我!"

"我就不松!"

"没种!"

"我就不松!"

梅无尽无语地看着两人斗嘴,关键是白泽一边打口水仗,还要一边紧紧拽着他,力道不肯放松一点,好像生怕他一不留神就溜到金一敏那边去了。

这家伙到底什么时候才能成熟一点?

高高窜起的鲜红火焰跳跃着,火苗映在小小的瞳孔里,像两簇金色的光芒。听不懂的歌声如同张开翅膀的鸟,扑腾着飞向辽阔的夜空。白泽扭过头来跟梅无尽说话,侧脸上度上一层细腻的光。

"今天是待在这里的最后一晚吧?我们好像是明天回 C 城。"

"舍不得?"

"还真有点呀……"

第二十三章

我要跟你说的是梅无尽的
秘密，你不来会后悔哦。

正如节目组导演所预料的，这一期《星光下的好朋友》播出以后，由白泽、梅无尽和金一敏三人合唱的新改编的《白云无尽》刷新了各大音乐排行榜，稳稳地占据了榜首的位置。歌曲的蹿红和节目收视率的攀升相互影响，带来良好的效应。

EME公司和节目组的策划人纷纷要求三人再次合作，再出一首单曲。

梅无尽很快将曲子做好，白泽受到他的激励，也顿时灵感大发，连夜写出了好几个版本的歌词。

第二天兴冲冲地拿给他们他，金一敏却提出了质疑："你好像还局限在《白云无尽》当中，没有新的突破，这样一味地翻炒以前的东西，是做不出好作品的。"金一敏平日嘻嘻哈哈，在工作上态度严谨，说出来的话也十分苛刻。

白泽多少有些不服气,拿着写好的歌词又去给梅无尽。

五页涂涂改改,被灰色铅笔填满的稿纸,依次摊开在桌上。白泽不相信这几个版本中,没有一个是能用的。

梅无尽一张一张地拿起来,眉头皱起,仔细地看。

白泽站在一旁,忽然提心吊胆起来,像个等待老师审批作业的小学生,心怀忐忑。只是结果确实不尽如人意。

梅无尽也否决了他。

"你换个思路,再想想。"梅无尽说。

"我换你大爷的!"

白泽抢过梅无尽手中的稿纸,怒气冲冲地甩门走了。

白泽闹小别扭的时候,一碗面条就能哄好。发大脾气的时候,十头牛也拉不回。

否定他的作品,就好像否定了他整个人。梅无尽事后想想,也觉得那天自己说话的方式不对,太过直接本没有错,但白泽是他的兄弟、手足、搭档,甚至于亲人,对他用怎样的耐心都不为过。

他不应该这样草率地把否定他的话说出口。

拍摄上一期《星光下的好朋友》结束后,两人已经回到了小芙山别墅,但是一连两天连话也没说过几句,难为白泽这个话痨能憋这么久。

因为白泽的不配合,单曲的制作计划不得不搁浅。

冷战期间,白泽缠着梅无尽的时间直降为零。两人同时出发,坐魏琳派来的保姆车去公司,在同一间练习室里练习。该怎么配合还怎么配合,白泽这次好像深明大义,十分体贴懂事。只不过一等练习完成,他立马就转身出房间,看都不多看梅无尽一眼。

这样的体验对梅无尽来说还真是新鲜。

向来只有他嫌弃别人的份,就算当初还是练习生时,也没人这样对他。梅无尽伤脑筋地想了想,没想出好的法子来。

金一敏从电梯里出来:"你站在走廊上发什么呆呢?我可难得见你这样。"

梅无尽没说话,心情似乎不太好。

金一敏笑容越发灿烂,愈加开心,猜测道:"是白泽又跟你闹脾气了吧?"

梅无尽说:"哪里是又?上一次的还没好。"

金一敏装作恍然大悟般,说:"还因为歌词那事儿呀?我看也不能拖下去了,再这样,单曲出不来,我们俩都没办法向上头交代……我最近也因为这件事很愁啊!"

梅无尽一眼睥睨,视线轻描淡写地扫过金一敏:"我怎么没看出来你很愁?"

"哈哈哈哈,是嘛?"

"只看到了幸灾乐祸。"

"别这么说呀,多伤感情呀,我可是真心实意为你们俩担忧的。"

"免了。"

傍晚时分,白泽的手机上收到一条短信,来自于金一敏。

"晚上八点半,公司天台上见。"

白泽把手机扔到一边:"这讨厌鬼不会是想当着我的面负荆请罪,跳楼自尽吧?"

白泽被自己脑海里冒出来的天马行空的想法逗笑了,又不满地哼了一声:"你叫我去我就叫,那多没面子啊,坚决不去!"

金一敏好像他肚子里的蛔虫,一早猜到了他的想法,第二条短信立刻接踵而至。

"我要跟你说的是梅无尽的秘密,你不来会后悔哦。"

梅无尽的秘密?

白泽心里的天平已经倾斜了。金一敏能知道梅无尽什么秘密?

这对于白泽来说,有致命的吸引力。所以晚上八点半,他避开梅无尽,去天台赴约了。

天气入秋,刮着风的夜晚已经微凉。天幕上挂着稀疏的星辰,明天应该也会是个晴朗的好天气。金一敏坐在空旷的水泥地上,听见脚步声,抬起手腕看了一眼,对白泽说:"你还真准时啊,正好八点半。"

白泽走进了,才发现金一敏旁边的地上放了一打啤酒。

"你说你知道梅无尽的什么秘密?"

"怎么我说你就信啊?"金一敏抬头看着他笑起来,"我当然是骗你的。"

白泽真想把眼神幻化成刀子,在金一敏身上戳出一个个洞来。

"哎呀,你别生气,哥哥叫你来也是有正经事的。"金一敏拍拍身边的位置,把手里的一罐啤酒递给他,"坐下来,今晚咱们俩好好聊一聊。"

"我和你有什么好聊的。"白泽虽然这么说,还是依言坐了下来。嫌弃地把酒罐塞还给他,自己开了瓶新的。

金一敏说:"你知道我为什么老喜欢针对你吗?"

白泽白了他一眼,说:"你有病呗。"

金一敏笑:"因为我看不惯你。"

"靠!"白泽忍不住又爆粗口了,"全世界几十亿人,你凭什么看老子不惯啊,老子碍着你什么事了!"

金一敏说:"看着现在的你,就好像看到了以前的我自己。"

白泽一愣,"你什么意思啊?"

金一敏说:"我其实从SKY组合成立,你们俩刚出道那会儿,就开始关注你们了。起先是因为你们的才华,让我觉得有竞争的压力,所以视线便会被不自觉地吸引。后来慢慢看到网络上流传的和你们俩有关的段子,又在公司碰到过几次,亲眼目睹了你们的相处模式,让我觉得很……很复杂……"

金一敏半晌才想出这么个词来形容自己的心情。

——复杂。

白泽更加蒙了,问:"我们俩的相处模式,有什么让你可复杂的?"

金一敏又灌了一口酒,身体里和喉咙口有了温热的感觉,他望着天上的星星,似乎暗暗深吸了口气,然后才说:"我有个哥哥,曾经我们俩相处起来,跟你和梅无尽的方式很相像。

"从小到大,他向来沉默寡言,似乎吝啬和人多说一句话,总是一副冷冷酷酷的样子。但他却什么都让着我,什么都护着我。

"我考试不及格，把试卷藏在柜顶上。让他给揪下来了，我以为他会去跟爸妈告状，会骂我，没想到他直接把卷子夹自己课本里了，还说这样比较保险，不会被发现。从家到上学的高中，要骑一个半小时的单车，我从来不用自己蹬。我哥单车后座从来不搭女生，就我霸占着……"

他说到这里忽而笑了起来。

"我喜欢唱歌，说要当明星出人头地，从二表哥到八舅姥爷，全家好几代人反对呢，只有我哥打了一个月的暑假工，给我买了一把吉他。他送给我的时候还特含蓄，半天憋出一句话，我看你唱歌挺好听的，以后继续努力……为这个事，我弯腰笑了半天……"

如今回想起来，弥留在记忆里的，都是些小事，异常珍贵。他连拿出来说一遍，都得小心翼翼，生怕遗忘了某个细节，借着酒劲才敢开口。

"你说，我哥那么好的一个人，那么好的一个人……"

"怎么就不在了呢？"

"我刚进大学那年，他……得癌去世了。我守在病床前，看着他闭上眼睛，当时就想，如果时光能够倒流就好了，我一定会对他好，比他对我好还要好。

"但这些，都只是妄想啊。失去了的人，是再也不会回来的。"

度数很淡的酒，竟然能喝出烧刀子的味道。一路顺着肠道滑下去的时候，仿佛也把五脏六腑灼烧了，火辣辣地疼起来。金一敏挤出一点笑，对白泽说："所以我特别看不惯你。你对着梅无尽一脸傲娇的死样子，和曾经的我真他妈像……"

白泽居然也没有回嘴。
　　温柔的晚风从天台吹过,空了的易拉罐在地上滚动两下,又不动了,散乱着。

BAIYUN
WUJIN
—— 第二十四章 ——
我们俩都吃屎了，你怎么能不吃呢？

当白泽拿出重新写好的歌词递过来时，梅无尽的脸上有一瞬间收不回的惊讶。

"快点看，看完给意见。"白泽放出话，然后看似心无旁骛地翻阅起了桌上的《娱乐周刊》。

梅无尽不由得多看了他几眼，又认真盯着歌词琢磨起来。

"这次写得很好。"梅无尽说。

白泽不是很相信："你不会是为了安慰我吧？上次歉疚，所以这次包容，直接让我通过了？"

"不是。"梅无尽认真地说，"是真的写得不错。我很满意。"

"那是……"白泽看出梅无尽眼神中没有半分开玩笑的迹象，也终于松了口气，但还死要面子，"我写的东西能差吗？"

梅无尽说:"继续加油。"

这么普普通通的四个字,用他低沉的嗓音唱出来,不知怎么就多了一点煽情又温情的味道。

白泽突然灵光乍现,脑子里突然冒出了歌曲的名字,《岁月倾情,白云无尽》。他之前想过很多个,却不满意。

岁月倾情,白云无尽。这个应该还不错。

这首歌和《白云无尽》已经有了很大的不同,作词作曲都有了新的突破,一定能给观众带来不一样的视听感受。

金一敏拿到新歌词的反应,几乎和梅无尽差不多,也说很好,然后对白泽大肆夸奖了一番,弄得白泽怪不好意思的。

经历了天台那晚的推心置腹之后,两人之间的关系大大改善,但看上去还是剑拔弩张,十分紧张。几度害得身边的人提心吊胆,以为他们俩随时可能动手打起来。

词曲都敲定了,接下来金一敏和梅无尽马上约好时间,共同编曲。事情有条不紊地进行着。

《岁月倾情,白云无尽》推出的当天晚上,排名便一路飙升。到第二天上午九点,已经毫无悬念地荣登歌坛榜首,刷新了十二小时内被下载次数最多的歌曲纪录。

《星光下的好朋友》还因为这首歌而更换了节目的主题曲。最后一期拍摄完后,《星光下的好朋友》创下了年度综艺类节目收视率之最。

而白泽、梅无尽和金一敏成为了家喻户晓的三人铁CP。一个以"白梅金"命名的粉丝团迅速发展壮大。拍摄结束后,金一敏与白泽、梅无尽的交集稍微变少了,但毕竟是在同一个公司,照旧时常能碰上面。白泽和金一敏一旦碰上,还是唇枪舌剑,你来我往,谁也不肯让着谁。

邀请三人一起代言的广告商也越来越多,势头越来越好。公司高层内部决定,把三人的粉丝见面会提前排上日程。

粉丝见面在当天演变成了小型的演唱会。

能够容纳一千人左右的场所,人山人海,长长的队伍一直排到了门外的大街上,像一条长龙。

和每一个歌迷握手签名还有合影的时候,白泽真切地感受到当初的梦想似乎一步一步地,慢慢实现了。他看见有的小粉丝在把手伸出来之前,握了握裙子,想要擦干手心里因为过度紧张而冒出来的汗。这样微小的举动,让他感动得难言,他很想告诉她们其实没有关系,因为如果是一起扶持着走过来的人,又怎么会嫌弃你。

三人合唱之后,还安排了金一敏独自的吉他弹唱。相比于白泽和梅无尽,他更需要露面的机会。

白泽看到了金一敏口中那把独一无二的吉他。

哥哥曾经送给弟弟的吉他。

几年时间转眼就过去了,大概是因为被妥善保管着,看着只让人觉得它有些陈旧,但音色还很好。在金一敏手中,像被赋予了生命,浅谈低唱,指间的音符仿佛都是岁月匆匆的倒影。

遇见一场烟火的表演,用一场轮回的时间,紫微星流过,来不及说再见，已经远离我一光年。

　　有生之年狭路相逢，终不能幸免，手心忽然长出纠缠的曲线。

　　台下有姑娘被他的煽情唱出了眼泪，突然大喊一声："金一敏，我爱你！我会永远支持你！"

　　像是有人起了头，大家都被赐予了力量和勇气，越来越多的人加入其中，如宣誓一般激昂：

　　"梅无尽我喜欢你，一直一直喜欢你！"

　　"白泽你最帅！宇宙第一霹雳无敌帅！"

　　正当大家嗓子累了，分贝降低时，不知从哪个角落里冒出一句："你们要在一起啊，要幸福啊……"

　　这种犹如祝福新人的语气，戳中了大家的萌点，台上台下忽然一起笑了出来。白泽拿着话筒假装严肃认真地说："嗯，这位同学谢谢你，我们会一起好好过日子的。"

　　顿时尖叫声四起，振聋发聩，强烈地冲击着耳膜。

　　散场之前，还是有好多粉丝都哭了。大概是因为舍不得，因为感动，因为心中连自己也说不清道不明的情绪。

　　怎么就会那么喜欢呢？

　　像信仰一般存在的人，追随了那么久的人，如今出现在自己面前，情绪突然就无法控制起来，身上还穿着校服的女生和画着细致妆容的姑娘一齐哭得稀里哗啦。

　　曾经大家以为SKY会解散的时候，很多铁杆粉在电脑面前也像现在这样流过眼泪。只是那次是因为难过，这次出于开心。

退场之前，三人站在台中央深深地鞠躬："我们一定会好好唱歌，给大家带来更多更好的作品。"

这无疑是最好的承诺了。

于是大家一起努力吧。所有的黑暗时光都将过去，所有的才华都不会被泯灭，所有的梦想在精心浇灌之后，都会开出花来。

见面会之后不久，廖洪川就亲自召见了白泽和梅无尽，魏琳把他们俩从录音室里拎出来。

"赶紧去 Boss 办公室吧，他要跟你们说一件大事！"

白泽见魏琳脸上的表情十分纠结，丈二和尚摸不着头脑，问："好事还是坏事呀？"

魏琳说："对你来讲，可能是个灾难。"

白泽右眼皮不祥地跳了起来："你赶紧给我透露一下，好让我有个心理准备。"

魏琳说："没办法透露，待会儿你自然就知道了，赶紧去吧，Boss 还在等着呢。"

魏琳的说法越发让白泽心里七上八下的，拉着梅无尽的袖子，说："等下要是有什么炸弹朝我们扔过来，你可得挡在我前面！"

梅无尽看他，说："你也就这点出息了。"

敲响办公室的门进去之后，除了廖洪川，金一敏也在。

"快点过来跟你们商量一件事。"廖洪川朝门口的两人招手，虽说是商量，但话里没有半分要商量的意思，一锤定音地说，"从今天起，SKY组合将会有一名新成员加入，也就是你们都已经很熟悉了的同事——金一敏！怎么样？是不是很惊喜？"

白泽不觉得惊喜，只感受到了严重的惊吓，一脸皮笑肉不笑的样子。

金一敏望着他，耸耸肩膀，同样很无辜的表情。

廖洪川说："你们怎么都不说话？是不是对这个决定有什么意见？有意见可以提出来，大家一起讨论讨论。"

鸦雀无声。

已经板上钉钉的事，还有什么可讨论的。白泽心里嘀咕。

廖洪川又说："既然你们都表示同意，那就这么定了，我待会儿就以公司的名义替你们发布消息，相信粉丝们听到这个消息都会很高兴。当然可能也会撕得很厉害，你们回去注意各自安抚人心，一定要表现出团结友爱积极向上的和睦氛围。

"还有，金一敏是新加入的成员，你们不要排挤他。"

白泽听了，一口老血梗在喉咙里，真想直接喷人脸上。

金一敏笑容明媚，万分体贴上司，友善又谦卑地对廖洪川说："不会的，小泽从来不会欺负人。"

害得白泽一愤怒，把身边梅无尽的衣角捏变了形。

金一敏加入SKY之后，顺理成章地搬进了小芙山别墅，开启了三个人的同居生活。

"真没想到啊，你们两个人就霸占了一栋这么好的房子，简直是暴殄天物啊……"金一敏楼上楼下不停地参观，也不停地感叹。

白泽一脸不屑加嫌弃："你没见过世面哦？"

金一敏笑，问道："二楼的空房间随我自己选吗？"

梅无尽说："没人住的都可以。"

白泽凉飕飕地补刀："但是有没有鬼住，我们就不知道了。我们住进来之前听房东说过一次，上任屋主好像是因为招惹了什么不干净的东西，才搬走的。"

金一敏脸上一僵，随即恢复自然，但还是被白泽发现了，坏笑着问："喂，你不会怕鬼吧？"

"鬼怕我！"金一敏大声回道。

"你干吗这么激动啊？"

"我哪有。"

"哦……"白泽装作恍然大悟，挑着眉毛贼兮兮地说，"我知道了，你就是怕鬼！"

金一敏这个小弱点被扒出来，但死不承认，故作镇定，学着梅无尽的样子一脸高冷地说："我只怕你这个幼稚鬼。"

"喊……"

金一敏入住的第一天晚上，白泽准备吓一吓金一敏，但是对方早有防备。床上的被子铺好了，但卧室空无一人，白泽扑了个空。

下楼去冰箱搜刮零食，白泽摸黑把墙壁上的灯控开关打开，自己反而被惊得一怔——沙发笔直地坐着一个人。

金一敏回头笑眯眯地望着白泽，说："好巧。"

巧你个毛线！金一敏这家伙故意的。白泽恨恨地想。

"你半夜干吗不睡觉啊？"白泽先发制人。

金一敏坦然地说："太兴奋了嘛，睡不着，下楼来煮咖啡啊。"

睡不着还煮咖啡，这人是不是有病？白泽又忍不住吐槽了。

金一敏问他："你要不要来尝一尝？目前来说，考比·努瓦克堪称是世界上最稀有的咖啡哦。"炫耀似的补充，"我真爱粉送的。"

白泽稍微走近两步，确实闻到一股浓郁的香味。

"什么考比·努瓦克，不就是猫屎咖啡嘛。"

"你能不能文雅一点？"

"爷就是个粗人。"

"你到底还要不要喝？那么多话干什么。"金一敏为了堵住白泽的嘴，甘愿把咖啡杯端到他面前来，请他品尝。

"嗯，挺不错的。"白泽中规中矩地评价。

"只是挺不错？"

"勉强还可以吧。"

得了，越问越没劲儿。金一敏决定不盘问了。

白泽一个安静半分钟，又睁大了眼睛一脸好奇地问："你好好的国产咖啡不喝，干吗去吃外国棕榈猫的屎？"

"你他妈才吃屎呢！"金一敏想一巴掌招呼过去，"你刚刚不也喝了吗？"

白泽无赖地笑："我只抿了一小口。"

金一敏真想掐死这欠抽的小子。

"你们俩在干吗?"

梅无尽睡眼惺忪,手里握着杯子,显然是下楼来倒水喝的。

白泽和金一敏相视一笑,难得的默契,一左一右把梅无尽拉过来。

"快试试这杯咖啡,我们俩特地给你留的。"

梅无尽不为所动:"我还要继续睡觉。"

白泽锲而不舍地劝说道:"你就尝一口,金一敏好不容易煮的呢。"

金一敏在旁边帮腔:"对对对,确实挺不容易的。"

梅无尽充耳不闻,无视两人,拿起桌上密封的矿泉水,拧开,仰头喝。

白泽和金一敏同时不满了:"喂,你这人怎么能这样啊,一点都不团结一点都不友爱,忘了大 Boss 怎么交代的了?"

白泽端着香醇的咖啡,恨不得直接给梅无尽灌下去。

结果梅无尽就是不如他所愿,穿着睡衣轻飘飘地站起来,往楼梯口挪,预备回房间再补一觉。

白泽杯子往桌上一搁,不假思索一把抱住了他,嚷嚷道:"我们俩都吃屎了,你怎么能不吃呢?"

万、籁、俱、寂。

梅无尽的瞌睡都醒了。

金一敏用看智障的眼神看了一眼白泽,然后跟梅无尽解释:"我没吃,我真的没吃。"

梅无尽一脸高深莫测的表情,探究地望着他:"看不出你还有这个癖好。"

金一敏生无可恋,想撞墙。

白泽反应过来,摸着鼻子讪讪地说:"我刚刚好像说错了什么。"
梅无尽弯着嘴角对他笑:"没,你说的都对。"
白泽懊恼道:"我口误。"
金一敏说:"你根本就是脑子缺根筋。"
他估计这辈子都对所谓"世界上最稀有的咖啡"望而却步了。

第二十五章

他怎么了?
你背着他爱别人了?

梅无尽的原创护肤品牌 Tellins，越做越好，规模也日益扩大，成为护肤市场上的主力军之一。他却在这个时候，询问白泽是否要入股。

"当初有风险的时候，你闷声不吭，不来问我。现在保管能赚钱了，却来找我入股……"白泽想了想，笑着问，"你这是摆明了要送我钱的意思？"

梅无尽说："我没有开玩笑。"

白泽摇头，说："可是我不能占你便宜呀！"

梅无尽反问："我的便宜你还占得少？"

"这个……"白泽答不上来了，"好像确实有点多。但是这回不同，这是大事，不像咱们以前小打小闹的。"

"如果你信得过我，就入股吧，阿泽。"

"我当然信得过你啰。只是……干吗非得要我，变成股东呢？"

梅无尽俯身，凑近白泽耳边轻声说："因为我一直对外宣称，Tellins 背后最大的投资人，就是你。"

"什么！"白泽震惊，"你疯啦？为什么？"

梅无尽对此讳莫如深："只有这样，鱼饵足够大，鱼才会上钩。"

白泽一头雾水。

再见沈世清，是在半个月后。

在一年一度的春华音乐大奖的颁奖典礼上，SKY 成员作为嘉宾被邀请，而沈世清是以一家娱乐公司股东的身份出席的。这几年，沈世清陆续往娱乐圈投资，小有成就，但国内的市场趋于饱和状态，他也没能闹出大的动静。

白泽一直知道他有意向朝这方面发展，但没想到这晚还能巧合地碰上面。

自从知道沈世清是梅无尽的亲生父亲之后，白泽对沈世清也不再盲目的信任，有意识地保留了点距离。

但如今迎面碰上，叙旧和打招呼是免不了的。

"沈伯伯……"

沈世清松开身边的女伴，走上前来和白泽说话，寒暄道："小泽又长高了。"

白泽失笑："虽然我也很想再长高一点，但是到了现在这个年纪，好像没得长了。"

"年轻人说话怎么老气横秋的？你现在才多大啊？"沈世清开玩

笑似的说,"再往上冲一冲,一米九就有戏了。"

白泽笑,想象自己如果一米九,压制梅无尽就不再是白日梦了。

"小榆最近有跟你联系吗?"

"没呢。"

"那丫头在国外怕是玩野了心,也难得打个电话给我,我还以为她会经常缠着你,才问问看,没想到哎……"

沈欢榆出国之后,和白泽已经很少往来。似乎是为了忘却国内的伤心事,要彻底地和过去告别,她这次异常决绝斩断了曾经的大部分交集,自己一个人在外面闯荡着。

而白泽也没有刻意去找过她。

沈世清谈到离家在外的女儿,似乎突然有些伤感:"小泽要是有空,就多跟沈伯伯联系,我说过,我一直拿你当亲生儿子……"

白泽点点头。

沈世清话锋一转:"我最近听说,你的那个护肤品牌 Tellins 做得很不错,口碑尤其好,看来你遗传了继成的经商天赋啊,不要骄傲,以后继续努力……"

白泽原本想否认,但想起梅无尽交代的话,只得默认了。

"小泽啊,你知道自己名下拥有白氏集团的多少股份吗?还是你这次创业挪用的就是用白氏的钱?"

白泽脑袋一蒙,不太明白这是什么意思。

当初他非要离开家到 C 城,成为 EME 的练习生时,白继成雷霆大怒,说不会留一分钱给他这个逆子。白泽也就信以为真,从未想过要去查看自己户头上有多少钱和股份。

难道并非如他所想的这样？

白泽发愣，沈世清却误会了他的反应，和蔼地笑道："沈伯伯只是随口一问，你别放在心上。"

经查证后发现，白继成生前所持的股份和财产全部转移到了白泽名下。

得知这个结果，白泽在房间里蒙头睡了一下午。直到魏琳把电话打爆了，让梅无尽去找人，才把他从被子挖出来。

他左滚右滚，半天从软绵的被子里钻出一个鸡窝头来，头发乱蓬蓬的，眼睛肿得跟核桃一样，根本睁不开。

梅无尽拿热毛巾帮他敷了好一会儿。

"你怎么来了？"白泽含糊地问。

"魏琳姐为了找你都差点打110报警了。"

"我又不会被拐卖……"

"大龄儿童，也容易被犯罪团伙盯上。"

"哼！"

梅无尽坐在床边，抓抓他的头发，问："到底怎么了？"

"你陪我回一趟L市吧？"白泽说。

忽然软弱，想着如果有个人能陪自己一起回去的话，应该就会有底气了吧。这样想着，突然就问出来，但白泽记得明后两天梅无尽的行程已经被魏琳排满了。

"好。"

"嗯？"白泽愣，"你答应了？可是魏琳姐那边……"

"我去跟她说,没问题的,别担心。"

"哦……"

"睡了一下午了,起来吃点东西。"

梅无尽把卧室里的窗帘来开,外面路灯的光迷蒙地照进来。

小芙山清静,窗外不是车水马龙霓虹闪烁,成群的花树安静停止地伫立在夜空下,不远处的小道上有遛狗的居民。

白泽洗了个冷水脸,问:"咱们又吃面吗?"

梅无尽嘴角一抽:"我做了饭。"

"金一敏呢?"

"拍广告还没回来。"

"哦,估计他今晚都不会回来了。难怪这么安静,都没人跟我吵了……"

"最吵的其实是你。"

梅无尽炖了一锅莲藕排骨汤,莲藕软糯,汤汁清淡而不油腻。虽然只是看着菜谱做的,但成品着实不错。

白泽最后把碗都舔了。

不由得想起两人在公司的双人公寓里的第一次见面,他偷吃了梅无尽的比萨,弄脏了他的脚背,结果梅无尽冷着脸让他擦干净,两个人差点打起来。

莫名就笑出声来。

郁结了一下午的烦闷情绪,终于慢慢消散。

"你傻笑什么？"梅无尽问。

"你脸上有饭粒哦。"

梅无尽根本不信："你吃完洗碗。"

自从金一敏住进来以后，看不惯白泽好吃懒做，处处依赖梅无尽。于是提出了"好吃懒做者将被驱逐出去睡草坪"的立案，杜绝一切养懒虫的行为。

白泽曾经抗议过，有两票赞成立案通过，少数服从多数，他抗议无效。

按照今天这种情况，梅无尽做了饭，白泽理应去洗碗。

"今天金一敏不在哎……"白泽侥幸地想，"没有必要遵守规定吧？你替我洗一次怎么样？况且我下午情绪还那么低落，真的很不开心啊，连洗碗的心情都没有。"

梅无尽说："你刚刚怎么不说'连吃饭的心情也没有'？"

白泽见行不通，皱着脸朝梅无尽露出一个很鄙视的表情，认命地去收拾桌上的残局。

"要一起去散步吗？"

"等你洗完碗再说。"

"哼！"

回L市的事，不知道梅无尽怎么跟魏琳和廖洪川说的，反正他们都没有反对。只是魏琳一直不放心白泽这个二货，临走前老妈子一样交代他不要在外面惹事，不要曝光身份，要低调一点，凡事多听梅无尽的。

魏琳说:"真是养个儿子都不如对你这么操心。"

白泽张口就来:"你想当我妈还差得远呢!"

"嗬,我说你怎么就这么欠抽呢,不知道说句好话吗?"

"魏琳姐你今天真漂亮,整个就一十八岁的小姑娘,衣服穿得也好看……"白泽满嘴跑火车。

魏琳老脸一红,有点承受不住,赶紧把这个烦人精推给梅无尽:"得了,赶紧走吧你们,别耽误了时间。"

白泽笑嘻嘻地问梅无尽:"爷的魅力是不是无人能敌?"

梅无尽把棒球帽盖在他头上,敷衍道:"嗯,就你天下无敌。"

白泽回 L 市,是去找徐长朗的。两人一下飞机,就直接奔赴目的地——白氏集团。

徐长朗似乎对白泽的突然出现并不意外。前台一听白泽说明来意,这次直接就把人领到董事长办公室门口了。

白泽单独进去和徐长朗谈。

梅无尽在外面等他,喝着助手送去的咖啡,悠闲得好像是出来度假的。

白泽对徐长朗的戒心已经不如之前强烈,但也不全然信任。有关白氏集团股份的事,白泽确定徐长朗作为公司第二大股东在此之前一定有所了解,更何况白继成的后事本就是由徐长朗一手操办的。

但徐长朗始终没在自己面前透露过半句,白泽不确定,这是为了保护他,还是另有隐情?

那沈世清呢，又在其中扮演着什么样的角色？

"我今天过来，是想和您开诚布公地谈一谈我爸爸留给我的那些股份，顺便向您打听一个人。"

徐长朗仿佛对股份并不感兴趣，关注的是这句话的后半截，问："你想打听谁？"

"我爸爸生前的一个好朋友——沈世清。"

徐长朗听到沈世清这个名字从白泽口中说出来，不知是何缘故，眉头很重地皱了一下："小泽，我只能提醒你，不要太相信这个人。你曾经怎样提防我，就应该怎样提防他。至于其他的，我现在没有办法想你解释清楚。"

徐长朗说："和你同来的年轻人是叫梅无尽吧？你让他进来。你可以走了。"

白泽不懂为什么会和梅无尽扯上关系，但是见徐长朗的态度十分强硬，没有转圜的余地，也没多费口舌。

"说是让你进去。"白泽郁闷，问梅无尽，"有什么是能跟你说，却不能告诉我的？"

梅无尽拍拍他的头："安心等着。"

梅无尽在徐长朗的办公室里待了一个小时还没有出来，这让白泽坐立难安，面前的咖啡早凉了。两个女秘书大概认出了白泽那张脸，兴奋地躲在茶水间里议论，装作复印文件，来来往往路过候客厅门口好几遍。

等待办公室的门打开，徐长朗和梅无尽一同走出来，看见白泽时，却不约而同地结束了话题。

这让白泽分外敏感。

直到走出白氏集团的大楼,白泽缠着梅无尽问:"徐长朗跟你说了什么?快点告诉我!我都要急死了!是跟我爸爸有关的事吗?"

梅无尽面色平静,眼神却闪躲。

白泽往他背上一跳,整个人几乎挂在他身上。

"你说不说?说不说!"

"你这疯子!"

无论梅无尽怎么甩,都没办法把身上的这块牛皮糖甩下来,声音无奈:"阿泽,你别闹了。"

"那你快点说啊!"

"再等等好不好?一切都会真相大白的。"梅无尽安抚他暴躁的情绪,"你要相信我。"

耽搁了一天,白泽和梅无尽回到C城已是夜晚。

金一敏因为两人悄无声息去了L市没有带上他而耿耿于怀,想尽办法挤对白泽。

"哟,你俩去哪里旅游了?去了毛里求斯还是塞班岛呀?爽吧?"

白泽心情差,冷冷地说:"要打架是不是?"

金一敏一见这家伙不对劲,问梅无尽:"他怎么了?你背着他爱别人了?"

梅无尽嘴角抽搐,说:"你们还是打一架吧。"

金一敏见情况不太妙,决定闪退了,走之前还嘴痒,不忘调侃几句:"算了,你们小夫妻的矛盾自己内部解决吧,可千万别伤及无辜,牵累我这个旁人……"

"赶紧滚!"

白泽仍为在 L 市发生的事情懊恼,偏生梅无尽不肯透漏半句。白泽老觉得梅无尽在背着他暗暗计划着什么。

不告诉我,我就自己查。

白泽暗暗咬牙。

白泽所计划的自己查,第一步是从手机开始的。

他趴在梅无尽卧室门外,偷听里面的动静。趁着梅无尽洗澡的时候,贼兮兮地溜进去翻他的手机。

解锁的密码?

白泽试了几个生日,都不对。最后心急如焚地输入了 SKY 组合成立的日期,竟然成功地破解了。

浏览短信,查看通话记录,还有梅无尽关注和回复过的每一个微博 ID,白泽都一一看过去。但是翻来翻去,没找到什么可疑的迹象。

白泽正一筹莫展,后背一凉。

"你干什么呢?"梅无尽裹着浴巾站在他身后。

白泽吓得手机一扔,结结巴巴地说:"我……我睡不着,来找你……聊天!对,聊天!见你老不出来,我就想借你手机玩两盘游戏。"

"真睡不着?"梅无尽问。

"嗯!"白泽无比肯定的模样,但却又心虚地掌心冒汗,强调说,"在飞机上睡过了,现在一点都不困!"

"哦。"

梅无尽擦了擦头发，忽而嘴角一抹轻笑，掀开被子，躺倒在床上，拍拍旁边的位置，邀请似的说："既然如此，那你过来，不如咱们俩一起睡着好好聊。"

白泽一跃而起，连鞋也没穿，连滚带爬地跑出去。刚好在走廊上撞到走楼梯上来的金一敏。

"你……你们俩，又发生什么了？"金一敏十分不确定地问。

梅无尽的房门还敞开着，梅无尽围着浴巾依靠在床头的景象一览无余，白泽又是这副害羞到恨不得钻地洞的样子，这让想象力丰富的金一敏难免多想了一点。

金一敏不由得打了一个寒噤，他忽然抱紧自己，怪叫一声，以迅雷不及掩耳之势溜进了自己房间，紧紧锁好了房门。

白泽愣愣地看着，点评道："神经病哦！"

意识到梅无尽好像也还在望着这边，他心头一紧，比刚刚金一敏跑得还快。

第二十六章
你才小妖精!你们全家都是小妖精!

梅无尽最近行踪成谜。

要不是魏琳突然这么感慨了一句,白泽还真没意识到自己已经有好几天没有跟他一起在小芙山的别墅里吃过晚餐了。

白天是照常一起活动没错,但到了晚上的私人时间,他似乎总能在最短的时间内消失得无影无踪。

魏琳紧张起来:"不会是谈恋爱了吧?晚上出去跟女朋友约会?"

白泽下意识地一吼:"他敢!"

金一敏和魏琳齐刷刷地望着他,一脸暧昧,然后不约而同地点头:"有你这么个磨人的小妖精在,他自然不敢。"

"你才小妖精!你们全家都是小妖精!"白泽怒道。

"别生气啊,白小泽。"魏琳想帮他顺一顺毛,被人傲娇地躲开了。

哎，看来只有他家那位能碰。魏琳有点可惜地想。

白泽问她："你不是我们的经纪人吗？梅无尽有什么动静，你还能不知道？"

"你们又不真是我儿子，我也当不成你们亲娘，哪能管那么多呢。再说到目前为止，他确实没闹出事来，也没在正常的工作时间失踪，我也不能过多地干涉他的私生活呀，你说是不是？"

白泽冷笑："平常怎么不见你这么通情达理……"

"我警告你啊白小泽，不要转移怒火到我头上来。看不住人可是你无能，最应该反思反思不应该是你吗？"

"哼，他又不是我家的，我管他那么多干吗！"

"你就死鸭子嘴硬吧。"

白泽嘴上说着不管梅无尽，但一转身还是悄悄给梅无尽打了个电话："你在哪儿呢？"

"公司啊，"梅无尽有点莫名其妙，"咱们不是刚刚才见过吗？你怎么了？"

"没事，"白泽说，"我是想问你，今天晚上我们自己回去做饭吃吗？"

梅无尽拒绝得很干脆："不了，你和金一敏在外面吃过再回去吧。"

"你不和我们一起？"

"嗯。"

白泽等了等，那头没声音了。就是一个"嗯"，就一个语气词，就把他给打发了？梅无尽最近是不是吃了熊心豹子胆了！

白泽昂首挺胸深呼吸，尽量保持心平气和地说："你忘记今天是我生日了？"

梅无尽拿着松香打磨琴弦的手指一滞，回想了两秒，说："抱歉，我忘记了。"

白泽心里那叫一个窝火："道歉有用吗？"突然霸气侧漏，朝那边河东狮吼，"寿星最大！今晚滚回来给我煮一碗长寿面！"

"好。"梅无尽答应下来。

等到通话结束，金一敏从旁边冒出来，问白泽："你今天生日？"

"骗人的。"

"我说你怎么可能呢，"金一敏说，"你要是今天生日，对面那栋摩天大楼上指不定会出现'生日快乐'四个字，前来为你庆生的白粉估计得把全程的玫瑰花捧到你面前来才甘心……"

白泽得意地一笑："我家白粉们都很理性温柔的，哪有你说的这么疯狂。"

金一敏轻蔑地看了他一眼："我能猜到这些，梅无尽一定也能猜到，你骗人好歹也找高明一点的借口呀！撒谎都不会……"

"他当然知道我在骗他啊，我们的生日只差了两天哎，但是说这些做什么，"白泽摆出一副傲娇的死样子，"反正他刚刚亲口答应了。明知道我骗他，他不还是说了好，他敢有意见吗？"

金一敏捂住脸："没事找虐，又被秀了一脸恩爱！"

将近晚上八点，外面刮风下雨。

白泽肚子饿得咕咕叫，站在阳台上唱了几首歌，歌词从"我只想给你给你宠爱"到"你死在这个大雪呼啸的荒唐夜"，天上飞过一群被雨打湿了翅膀的乌鸦，"呱呱"乱叫。

　　金一敏端着杯面过来晃悠，转了一圈，难得体贴地说："要不要给你叫外卖？"

　　"不吃。"白泽怄气。

　　金一敏问："梅无尽今天要是不回来做饭，你就准备饿死自己？"

　　"怎么可能！"白泽撇嘴，"等他到九点，九点还不见人，我就去最贵的酒店吃一桌满汉全席，把账记在梅无尽名上,绝不亏待自己！"

　　"好样儿的！"

　　"待会儿我带上你一起，吃什么泡面啊，"白泽损人，"这桶面根本配不上你的身价。"

　　两人正闹着，白泽的手机响了。

　　梅无尽不知道在哪里，那边只听见一阵噼里啪啦，雨落在伞面上的声音。他人多半还在外面，脚步匆忙："阿泽，我今天晚上还有点事没办完……"

　　白泽白眼一翻，摸着肚子愤怒地说："浑蛋，你说话不算话哦！"

　　梅无尽静默良久，多少有些歉疚。

　　白泽等得不耐烦，说："算了算了，你忙你的吧，老子吃大餐去了！"不等梅无尽反应，利落地挂断了。

　　回头发现金一敏正一脸同情地望着他。

　　"你幸灾乐祸是吧？"

　　金一敏大呼冤枉："我像是这么落井下石的人吗？"

"不太像，因为你本来就是。"

"喂，白小泽，我们真要出去浪啊？"

"当然！"白泽笑容狡诈，"千万别让魏琳姐知道了！"

结果白泽和金一敏是第二天早上才从外面回来的。

小芙山还在黎明微蒙的晨光中沉睡，一排排路灯未熄灭，天空是深沉的蓝色，像一片广袤的静海。白泽熬过了渴睡的时间点，现在反而精神了，拖着半死不活的金一敏："年轻人怎么这么不中用啊，熬一个通宵就受不了了？"

"放屁，我熬通宵写歌的时候你还没出生呢。"金一敏昨晚喝多了酒，吐过两次，胃里翻江倒海，因此元气大伤。

"你看你现在连说话都软绵绵的，骂人好像在撒娇，真是不行了，还不承认……"白泽素来擅长乘人之危，一边扛着他走，一边不忘损他。

两人脚步不稳地进了别墅，才走到玄关处，金一敏就发现了不对劲。

"怎么没看见梅无尽的鞋子？"他惊讶地看向白泽，"他不会一晚上没回来吧？"

走去二楼试探性地推开梅无尽卧室的房门，里面果然空无一人。

金一敏感慨："夜不归宿，看来比我们玩得还嗨啊！"

"你少说风凉话，他不会是遇上什么事情了吧？"白泽比较担心这个。

他揉着眼睛打量房间，床铺看上去没有动过的迹象。窗户没关，朝外敞开，昨晚飘了雨进来，稿纸上还留着半湿半干的水印。

确实是没有回来过。

"他这么大一个人了,能有什么事情,总不会被'私生饭'绑架了吧?"金一敏开玩笑。

白泽想想也是。

回房间洗了把脸,白泽仍然放心不下:"我还是打个电话问问好了。"

"不用了,"金一敏从屋外拿着今天的报纸走进来,指了指《娱乐先锋》上的头版头条,"这上面都交代清楚了。"

——"SKY成员梅无尽雨夜会情人。"

硕大无比的字体加粗加重,横亘在报纸首页上。

下面的一组配图背景是一家五星级酒店的门口。身穿黑色大衣的梅无尽替一个紫衣女子举着伞,两人举止亲密,一齐往台阶下走。紫衣女人挽着梅无尽的手,仰起头笑容满面地和他说话,而他微弯下腰,一个侧耳的动作,似乎是在认真聆听。

照片被抓怕得很清楚,也很传神。若不是被曝光出来的,白泽还真要误以为这两人是在拍偶像剧。

金一敏问:"这什么情况啊?"

白泽刚想开口讽刺两句,外面传来开门的声音。梅无尽推开门看见他们两人都站在客厅里,微微一愣,换鞋的动作不由得停滞。

他显然也看到了白泽手上的报纸。

空气中有种微妙的尴尬在悄无声息地蔓延,金一敏想缓和缓和气氛，撞了一下梅无尽的肩："不错啊，有新情况，不给兄弟介绍一下？"

梅无尽闭口不言，竟然也没有解释。

白泽再次低头翻了翻报纸，重新看了一遍占据整整一个通版的花边新闻，情绪收敛，让人看不出他到底有没有因为昨天梅无尽爽约而生气。

他不再咋咋呼呼闹腾的时候，站得笔直，身形修长，隐隐多了一分气势。荒唐了一晚没来得及换下的衬衫挂在身上，已经褶皱，嘴角勾起，一副要笑不笑的样子。

梅无尽却知道，这次怕是惹到他了。

"阿泽……"

白泽打断他："原来你昨晚说有事，就是这么个事啊。你也真是的，电话里干吗不明说呀，约个会还瞒着兄弟干什么……"

白泽一边说一边绕过梅无尽准备去回房间冲个澡，手腕突然被拉住，不大不小的力道，恰好不易挣脱。

"我现在没办法解释清楚。"

"在L市的时候是这样，现在又这样，解释不清？你有什么说不出口的！什么都瞒着我，把我当傻子吗！"

"你就不能心平气和地跟我说话吗？"

梅无尽这些天为了查找真相，跟沈世清还有其他不同的人周旋，已经很累了，语气里充满无奈："阿泽，你再给我一点时间。"

白泽嗤笑："到时候你想说，我还不一定想听了。"

梅无尽揉了揉太阳穴："你别闹了。"

"老子现在没心情跟你闹！你别老拿我当小孩子哄！"白泽急红

了眼。

"你现在不就是跟小孩一样闹脾气吗,你能不能别……"

"松手!"

白泽手一甩,手里的一沓报纸狠狠地往梅无尽头上一砸。纸页像巨大的雪片纷纷落下,锋利的边角如同刀刃一般划过他的脸颊,最后无声无息地飘到地上,散乱在脚边,像一具具触目惊心的尸体。

白泽憋了许久的气,终于在这一刻,彻底爆发。

之后的几天,是白、梅冷战进行时。

金一敏的日子也不太好过。每天在白泽和梅无尽的夹缝当中生活,充当两人的传声筒,并且还需承受双方的语言暴力,让他觉得这个秋天分外凄凉与寒冷。

好在他马上可以出去躲难了。

金一敏刚出道时是在日本试水,取得高人气和一定的成绩之后再被调回 EME 总部,回国内发展。他当初回国时想日本歌迷承诺过,一年之后将回去各大城市举行巡回演唱会。

公司也一直在为他策划这件事,如今到了他赴约的时候。

金一敏去日本之前想着总算能解脱了,松了口气,终于不用每天再忍受寒潮般的冷暴力袭击,又有点操心,怕两人打起来也没个劝架的。

金一敏同学就带着这样矛盾的心情飞往了日本。

小芙山别墅只剩下 SKY 组成的另外两位成员在持续奋战。

其实梅无尽现在正处于一种焦头烂额的状态当中,已经没有多少精力和白泽厮杀了。他被卷入新一轮的绯闻风波里，众网友大肆猜测与他雨夜幽会的紫衣女人的身份。由于梅无尽曾经和沈欢榆传过一次，影响颇大。如今再招惹上这样的新闻，对他来说十分不利。

黑粉又有抬头的迹象，网络上陆续出现了很多关于梅无尽的负面消息。

白泽抱着笔记本电脑在床上每天刷微博、论坛和贴吧，看到是各种流言蜚语。他起先注册了十多个小号，替梅无尽说话，但很快就被网络大军的口水淹没，根本起不到作用。白泽郁闷地把笔记本电脑关上，暴躁地朝枕头上打了一拳。

再生气，和梅无尽闹别扭，可还是会义无反顾、毫不犹豫地站在他这边护着他。

梅无尽被魏琳招走了，估计是商讨怎么跨过这次的危机，到现在还没有回来。

偌大的别墅显得格外空荡起来，傍晚时分的秋阳照耀在地板上泛着金黄色的光，拖长了房间里每一件静物的影子。白泽从床上爬起来，草率地解决了晚餐，换上衣服出门散步，准备溜达两圈。

附近一带的住户不多，走在路上只碰见了两个老人，腰上别着造型时髦的扩音器，里面放着年代久远的老情歌，听起来是分外缠绵的调子，软糯而甜腻的女声。

白泽走了一路，无聊地在柏树旁的花坛上坐了下来，忍不住掏出手机又看了两眼。

一阵脚步声渐渐走进，他以为又是散步打面前过的路人，却突然听到一个做梦也想不到的声音：
"小泽……"
白泽猛然抬头，不敢置信地睁大眼睛望着面前的白继成，喉咙发紧。
"爸爸？"

第二十七章
咱们一起过简单点的小日子呗。

C 城人民法院。

沈世清作为犯罪嫌疑人昨晚被警方逮捕，现在戴着手铐，由法警带到了被告席上。他被状告为蓄意杀人罪。

指证沈世清的是一名二十七八岁的女人。

当场提供的大部分犯罪证据和录音，也来自于她。

听审席上的一些人认出来，她与前几天同超人气明星梅无尽一起登上各大娱乐版面的女主角，面容颇为相像。或者说，本就是同一个人。

白泽和徐长朗坐在台下，一起等待宣判结果。白泽牢牢地望着"死而复生"的父亲，仍然觉得恍惚。

徐长朗说："我和你爸爸当初察觉到白氏生意的接连失利并非偶然，很有可能是有人在背后操作。你爸爸那时候又检查出颅内肿瘤，所有的麻烦事撞到了一块儿,他反倒冷静下来,想出了应对的办法。

"你爸爸将计就计,联合医生把病历上的良性肿瘤改成恶性,夸大事情的严重性,手术之后对外宣称并不成功,病情十分危急,还在留院察看。背后的人果然慢慢露出了马脚……

"那人买通了医院的一个护士,往你爸爸的注射液中加入过敏药物,加重你爸爸的病情,想要加快他的死亡。我们装作什么也不知道,顺理成章地安排了一出假死。你爸爸也好退居幕后,避开暗算,安心休养身体。"

徐长朗顿了顿,对白泽说:"这两年我一直在调查当年事情的真相,想要揪出幕后黑手……前一阵子你和梅无尽来 L 市找我,我把事情告诉他,他也参与进来一起调查,没想到他很快就找到了当年被买通的那个护士,说服她出庭,现在才能这么快有了结果。"

两年时间过去,如今水落石出,终于真相大白,沈世清也该得到应有的惩罚了。

开庭结束之后。

父子重逢,心结解开,本该会有说不完的话,但白泽面对白继成却一时哑然,复杂的情绪难以形容。

他张了张口,最后挤出来的只有几个字:"爸爸,对不起……"

白继成握了握他的肩,像要给他支撑一样,劝慰地说:"没事的,都过去了。"

"你现在身体怎么样了?"

"躲起来养了两年,恢复得也算差不多了,不用担心……"白继成对白泽同样抱有亏欠的心理,"小泽,当初你要去C城发展,爸爸不该拦你。我听你徐叔叔说,你现在做得很好……你一直是我的骄傲。"

白泽却低着头,像个认错的小学生。

白继成继续鼓励他:"儿子,干得漂亮!"

白泽一把抱住白继成,轻轻捶了一下他的背,带着酸楚地笑:"老爸,你也是,干得漂亮!闷声藏了两年,还真是老奸巨猾……"

"你个臭小子,有你这么说自己爸爸的吗!"

白泽总算开心起来,乐不可支。白继成因为和徐长朗还有许多后续的事情要处理,又看见白泽顶着两个大黑眼圈,催促道:"你先回去好好睡一觉,昨晚一宿没睡吧?两个眼睛都肿成桃了……"

白泽点点头,抱着白继成终于撒手。一个人回到小芙山,意外地发现梅无尽也在家。他这几天绯闻缠身,为了避开狗仔,基本不出门。手机就放在客厅的茶几上,旁边的杂志也翻开了几页,就是不见人。

白泽在桑拿房里找到了他。

梅无尽沉默而孤寂地长时间静坐,整个人像从水里捞出来的,汗水接连不断地流过他湿漉的脸庞,就像涓涓清泉滑过肌理沁润的玉石。眼睛毫无防备地睁开,聚焦看着白泽的时候,瞳中漆黑似盛着深浓的夜色。

"回来了?"

"嗯。"

白泽脱了外套进来,在梅无尽旁边坐下,身上只穿着一件棉质短袖。

"现在你总能把事情都告诉我了吧?"

"你不觉得这次上庭指证沈世清的那个护士很面熟吗?"梅无尽突然反问他。

"不就是跟你前几天一起上头条的?"白泽没好气地说。

"不,你再好好想想。"梅无尽思维非常跳跃地问了一句,"还记得陶佩佩吗?"

陶佩佩曾是梅无尽的脑残粉,曾一度跟踪他们俩并拍下照片和视频传到网络上,白泽当然记得。

"那个护士叫陶佩昕,是陶佩佩的姐姐。她们的身份十分特别,父母都是军人,曾经在援藏过程中抵制暴乱中牺牲。当徐长朗告诉我被买通的护士,资料栏上有提到父母是援藏特警这一点,我立即想到了陶佩佩。当初因为我们频频被偷拍的事情,我曾经派人详细地调查过陶佩佩,了解过她的情况。我把两个人的身份联系起来,猜测她们很可能是那对陶家姐妹,于是顺藤摸瓜,才把陶佩昕找出来。

"这两年她在乡下老家生活,一直心怀愧疚,有悔改的意思。父母是人民战士,对她们从小教育严苛,教她做人的道理,做出这种事情来怎么还能心安理得地过下去?所以我花时间跟她周旋,说服她出庭作证,她后来也答应了。"

"上次爽约是我不对,"梅无尽仰头靠在木架上,"那晚我正好把陶佩昕接到 C 城来,耽误了时间,还被狗仔拍到了照片……"

白泽想起自己和梅无尽吵架、砸报纸的场面,顿时羞愧。他脸上被蒸出了汗,眸子越发闪亮清澈,问:"你准备怎么办?"梅无尽的绯闻传得轰轰烈烈,可不那么容易过去。

"阿泽。"

"嗯？"

"你知道我一开始来C城的目的是什么吗？"

"唱歌吗？成为明星发光发亮？"

"我到现在依旧喜欢唱歌，但已经厌倦了成为明星的生活。"

处在镁光灯下，去逛超市买个东西也得注意被偷拍，稍有不慎，就推至风口浪尖。

"现在的生活，好像和我当初期望的不太一样……我觉得，或许我应该放弃一些东西了，只做一个纯粹的歌手……"

白泽沉默许久。

汗水莫名流进眼睛里，传来酸涩的疼痛感。用手背揉擦了之后，眸子里就布满血丝，一片通红。他望着梅无尽，忽然露出一个笑："好啊，反正我也累了，咱们一起过简单点的小日子呗。"

第二十八章
老板,有人砸场子!

C城长柳街的巷子口,有一家咖啡吧悄悄地开业了。

绿植装饰的柚木招牌上雕刻着"白云无尽"的草书体,路过的行人纷纷驻足,站在街边看了一会儿也不一定能准确无误地读出四个字来。远远朝落地窗望一眼,就会不由自主地被吸引。

大油桶改装的圆形咖啡桌,西瓜帽一样悬挂在上方的吊灯,不规则的流线吊梯连接着两层楼,四周的墙壁上是一个流畅的不间断的蔚蓝色波浪形书架,就好像海水包围着整座咖啡吧。还有吧台上滚动的卡通晴雨表,窝在门角打盹的折耳猫……

每一处都透露出浓浓的趣味和温馨的感觉。

渐渐地,不知怎么传出来的消息,说这家店有两个老板,一个叫白泽,一个叫梅无尽。

咖啡吧天天人满为患,热闹非凡,但是除了店员和经理,大家谁也没看见过神秘的老板。尽管如今,依旧阻挡不了顾客的热情。

直到这天下午,一个背着吉他、戴着棒球帽的高个子男生走进来,他随意点了杯咖啡,问服务生:"你们老板呢?"

"这个我不太清楚哎。"

"叫你们老板过来。"

服务生一脸为难,只好把经理叫过来了。

男生抬头斜了一眼经理:"你是老板?"

"您好,我是这家咖啡吧的经理。如果客人有什么需要和意见可以告诉我,我会帮您转达给老板的……"

"叫你们老板过来。"斩钉截铁地打断经理的话。

"抱歉,这个恐怕……"

男生没再听下去,拿起旁座上的吉他站起来,经理和服务生以为他会出去,谁知他走到了流线吊梯上,走了几阶,站到一个比较高的位置。试了几个之音后,欢快地弹唱起来:

我听见厨房里的锅碗瓢盆交响,
那是你唤醒我的音乐之氧;
我看见墙壁上的五线谱在跳跃和徜徉,
那是你带给我的无上荣光;
想和你一起看每天的日落和月升,
想和你一起品尝咖啡的香醇和洋甘菊的温暖……

咖啡吧中马上有人认出来他，"哎，他不是那个金一敏吗！他唱的是《岁月倾情，白云无尽》！"

不一会儿，已经引起来了巨大的轰动。从店前路过的人，还有听到尖叫声从附近赶过来的人，潮水一般往咖啡吧里涌进来。各路狗仔和记者也闻讯赶来，蜂拥而至。

各色的人把店里堵成了蜂窝。

经理像热锅上的蚂蚁，急得团团转："能不能麻烦您先离开一阵，您已经造成了我们店里的秩序混乱……"

金一敏坐在楼梯上笑得像个无赖："我说了，给我你把你们老板叫过来，否则我是不会走的哦。"

白泽和梅无尽坐在地毯上打游戏。

"你手机响了。"

梅无用肩膀推了下白泽，目不转睛地盯着前方的电视屏幕不动。

"不管啦！"白泽说。

厮杀正激烈，眼看着马上就要分胜负。手机在左后方的沙发上，目测两米的距离，伸手又够不到，还得起身，白泽觉得关键时刻自己必须坚守阵地。

铃声响了许久，终于消停。过了五六秒，旁边的另一部手机开始振动。

"有人找你哎，你不用管吗？"白泽学着说风凉话了。

梅无尽无视。

白泽拼命按着手柄，不忘扰乱敌方军心。

"也许别人找你有急事呢。"

梅无尽无奈，三步并作两步，把手机拿起来接听。

经理正在那头号："老板，有人砸场子！"

梅无尽冷静地听完，点开经理传过来的一段小视频放到白泽面前。

白泽不情不愿地看了一眼，突然眼睛一瞪，这还得了！

手柄一扔，按下遥控器，关了大屏幕。白泽拉着梅无尽风风火火地往咖啡吧里赶，气得头上冒青烟。

"你慢点。"梅无尽说。

"我不！"白泽气势汹汹，"等我过去把金一敏那浑蛋绑起来，放在咱们家店门任人参观，拍照合影十块钱一次！"

梅无尽："……"

经理翘首以盼，终于等来两位 Boss。

拥堵的人群看见他们，一边疯狂地拿手机拍照，一边不由自主地让出一条路来，一时之间只听见按快门的声音此起彼伏。

白泽身上还穿着休闲的居家服，脚上套着拖鞋，像是隔壁家睡了个懒觉跑出来溜达的大学生，即便脸上凶神恶煞，也没有多大的威慑力。

他一冲进去，左右环视一圈，逮着抱吉他的金一敏跳脚狂骂："你这阴魂不散的家伙，好好的巨星不做干吗要来给我们做驻唱！脑袋被门挤了是不是！捣什么乱呢！你给我从哪儿来，滚回哪儿去！"

金一敏琴弦一拨，挑眉一笑："不滚，你能拿我怎么样？"

白泽拽起他的衣服就要往外拖。

金一敏凑过来小声地说："你注意形象,别明天见报的时候太难看!"

"老子怎么样都是帅的!"

"真是没见过比你还自恋的人……"金一敏顺着流线吊梯往下一躺,"我不管,反正我是不走了!"见白泽气急败坏,他笑容无比张扬,"做CEO这样的好事竟不叫上爷!快给爷收拾间房,从此以后山无棱天地合,爷也打死不走了!"

梅无尽站在外围看着两人吵闹,鸡飞狗跳,觉得以后时光这样度过,也还不错。

秋日的大太阳挂在天边,灿烂而不灼人,透过窗,浅浅地映在他们的脸庞。

(全文完)

【官方QQ群：555047509】
每周丰富多彩的群活动,好礼不停送!
作者编辑齐驾到,访谈八卦聊不停!

立刻关注小花阅读官方微信

狐狸组合·尼克狐 著

《他们与豹》

6 万字免费读

扫一扫，关注大鱼小花阅读

小花阅读【惊艳游乐园】系列之二

《他们与豹》

高冷胆小大主编 VS
无肉不欢傻白甜少年 VS
哀怨纠结死于话多的小透明

被迫同居一室的他和他和他，这么能闹咋不上天呢……

---- **精彩节选** ----

"独宠你一人？"苏慕言抓住话里面的漏洞，强调道。
柏安德不耐烦地解释："反正差不多就是这个意思，你明明知道我和他不在一个层次上，居然……你这是在伤我的心。"
苏慕言淡淡地说："唐漫需要你的庇佑。"
"虽然不知道庇佑是什么意思，但是不是只要我不愿意，就可以不庇佑是吧？"柏安德连忙问道。
苏慕言想了一下，冷漠地回答："没有。"
柏安德生气地将手边的抱枕一丢，气愤地朝房间走去："我这个月不想画了。"

图书在版编目（CIP）数据

白云无尽／狐狸组合·时里海著. －－贵阳：贵州人民出版社，2016.7（2020.1重印）
ISBN 978-7-221-13425-7

Ⅰ.①白… Ⅱ.①狐… Ⅲ.①长篇小说－中国－当代
Ⅳ.①I247.5

中国版本图书馆CIP数据核字(2016)第183906号

白云无尽

狐狸组合·时里海 著

出版统筹	陈继光
选题策划	大鱼文化
责任编辑	潘 乐
流程编辑	唐 博
特约编辑	曾雪玲
装帧设计	刘艳昆 词
出版发行	贵州人民出版社（贵阳市观山湖区会展东路SOHO办公区A座，邮编：550081）
印 刷	三河市华东印刷有限公司
开 本	880×1230毫米 1/32
字 数	156千字
印 张	9
版 次	2016年9月第1版
印 次	2016年9月第1次印刷 2020年1月第2次印刷
书 号	ISBN 978-7-221-13425-7
定 价	39.80元

版权所有 盗版必究。举报电话：策划部0851-86828640
本书如有印装问题，请与印刷厂联系调换。联系电话：0731-82755298